I0633091

عناقُ الشّوْكْ

عنـــاق الشـــوك

فـوزا هـلال

عدد الصفحات: 190

الطبعة الأولى: 2025

الناشر: الخيّاط

ISBN: 978-1-96142-035-9

KHAYAT
Publishing

Washington, DC
United States
+1 7712221001
info@khayatpublishing.com
www.khayapublishing.com

فوزا هلال

عناقُ الشّوْكْ

رواية

أحداث الجزء الأول
نهر الأسرار

تدور أحداث الجزء الأول من نهر الأسرار حول فرح، فتاة مجهولة النسب تعيش في مجتمع لا يتقبلها، حيث نشأت دون أن تعرف أهلها، بعد أن عثرت عليها السيدة أم بسام أمام المسجد وربتها كابنتها. تعاني فرح من التمييز والسخرية بسبب وضعها الاجتماعي، وتحاول بشتى الطرق أن تثبت نفسها في الحياة، متنقلة بين الأعمال المنزلية بحثاً عن لقمة العيش. تعيش في حالة صراع داخلي، حيث تتساءل عن هويتها وعن ذنبها في وضع لم تختره.

تبدأ القصة وهي تعمل لدى أم صادق، سيدة صارمة تعاملها بقسوة، بينما تبحث فرح عن الأمان والاستقرار. تجد في الطبيعة عزاءً لها، إذ تراقب الطيور والحيوانات من نافذتها، متمنية لو كانت تملك حرية مثلها. تنسج علاقة مع الشاب ملهم، الذي يبدو أنه الوحيد الذي يهتم لأمرها، لكنه يخفي حقيقة عمله في الشرطة. رغم اهتمامه بها، إلا أنها تتردد في فتح قلبها له بسبب تجربة المجتمع القاسية معها.

مع توالي الأحداث، تتعرض لموقف صعب عندما تتهم ظلماً بسرقة مصاغ ذهب، وتُلقى في السجن. هناك تلتقي بسمر، فتاة تعيش مأساة أخرى بعد أن وقعت ضحية الابتزاز، مما يزيد من إحساس فرح بالقهر والظلم.

1

ما زلت أبحث عمّا يبعث الراحة لنفسي، والسرور لقلبي، وأزرع في روحي، رغم المعاناة التي أعيشها، الأمل الذي يظلّ متوهّجاً في جسدي، والتفاؤل بأيّام قادمة مضيئة؛ وبالمقابل أبحث عن الاستقرار والطمأنينة، فلا أجدهما بعد أن فقد الفرح رونقه في كامل البلد، بعد أن مات من مات، وفُقد من فُقد، وقُتل من قُتل، وهاجر من هاجر، وشرّد الشتات الكثيرين هنا وهناك سواء داخل البلد أو خارجه، وغابت البهجة غياباً شبه كامل من نفوس الناس صغاراً وكباراً في جميع شرائح وأطياف المجتمع، ولحق الأذى الجميع دون استثناء؛ وأكثر من تأثّر الأطفال الذين تيتّموا من جهة الأب والأمّ، والسند مثلي، فلا ذراع أتمسك به حين أتعثّر، ولا كتف ألقي رأسي عليه في المسير إذا تعبت، ولا صدر يحضنني في الشدائد، ولا يد تكفكف دموعي إذا بكيت، ولا أذن تصغي لشكواي، وهواجسي من خلق الله، في الظروف الصعبة، التي أمرّ بها حين تحيق بي كأبّة فتاة مقطوعة من شجرة.

فالفرح بالنسبة للفتيات يتعلّق بأمل وحيد حين يقبلن على الحياة هو أن يحقّقن أحلامهنّ؛ فلكلّ فتاة حلمها، الذي ترسمه لنفسها من أمنيات، وأوّلها إيجاد شريك لحياتها، وتنظر حولها، فتجد أنّ معظم الشباب هاجروا، وتوزّعوا في جميع دول العالم يبحثون عن لقمة عيشهم، وعن مستقبل في المجهول، ولم يبق في حضن البلد إلاّ الرجال المسنّون والأطفال والنساء؛ وأنا كغيري من الفتيات لا أرى إلاّ النساء، ومعظمهنّ يسيّرن أمور الدوائر الرسمية والمستشفيات التي نجت من الخراب، وأكثر ما أراهنّ عند مواقف المواصلات، وفي سرافيس، وبولمانات النقل، وفي الزحام على الخبز، وفي الشوارع، وفي المحلاّت التجاريّة يتسوّقن لأطفالهنّ، ويقمن بدور الرجل والمرأة بآن واحد. وكثير من البيوت خلت من سكّانها، وأصبحت ملاذاً للطيور كي تبني أعشاشاً لفراخها فيها، من أجل الأمان لها ولهم، وموطناً للعنكبوت، وبعض البيوت التي ما زال يسكنها كبار السنّ من أب وأمّ، ويقضون بقيّة حياتهم بكآبة، وبؤس بعد أن فقدوا الأمل بحياة هانئة تحقّق لهم السعادة النفسيّة؛ فالحرب أكلت الأخضر واليابس، وتركت البلد بمجمله على كفّ عفريت بسبب ما لحق به من دمار وخراب وفساد، وبقي أمل من بقي منهم أن يعود أولادهم، وأحفادهم إلى أحضانهم بعد هذا التشرّد.

.......أنا فرح، ورغم كلّ الظروف التي مررت بها، ما زلت مصرّة على أن أكمل تعليمي، وأحقّق حلم الطفولة، مع أنّي عاجزة عن تأمين النفقات المطلوبة لكي أعيش كما يجب؛ فبعد أن سكنت في مدينة دمشق، وفقدت الكثير من أصدقائي ومعارفي، فكلّ من

عمل خيراً معي لا أنساه ولو فرقتنا الأيّام، فظروف مرض السرطان التي أعيشها أجبرتني أن آتي إلى المدينة، وأقيم فيها لأكون قريبة من المشفى المختصّ لأعالج نفسي من هذا المرض، الذي أقلقني وأثار شكوكي به، وأثبته الطبيب المختصّ بعد إجراء التحاليل المخبريّة المطلوبة والصور الشعاعيّة، وجميع التقارير الطبيّة كانت تؤكّد إصابتي بالسرطان في القولون، مع العلم بأنّي إلى هذا اليوم ما زالت قدرتي طبيعيّة، ولا زال نشاطي مقبولاً، ولا أشكو من أيّ تعب، ولا تراجع في حالتي النفسيّة. ولا تزال تشتعل لديّ الرغبة بمتابعة ما تعانيه المرأة بشكل عام من ألم وقهر وظلم في مجتمع ذكوريّ لا يرحم. كانت الكتابة هي صرختي المختنقة في صدري وفقدت صوتها، والبكاء دون دموع، وما يُوحى للمرء حين يكون وحيداً، ومشاعره تتأجّج بسعير نيران توحي للقلم أن يخطّ على الورق ما لم يكن يخطر على البال، ويرى نفسه في النهاية وقد غمس ريشته بجرح ليس له قرار اسمه الإنسان، ورحلته الأبديّة في هذا الوجود، بخاصّة حين يكون وحيداً لأنّه وهو في هذا الوضع يستطيع أن يبوح بمكنونات نفسه ممّا يؤلمه أو يفرحه، ويجعله قريباً ممّن يحبّهم، ويستطيع أن يخاطبهم، ويتخاطر معهم، حتّى ولو كانوا خلف الجبال والبحار. يستطيع أن يكذب على نفسه، ويخبرهم أنّه بخير مع أنّ الألم يعتصره، وهو يعيش الظلام المخيّم على البيوت، التي هجرتها الطيور، والشوارع التي خلت من ضوضاء المارّة وهمس العاشقين.

أخرج كلّ صباح على أمل أن يكون الحال قد تغيّر إلى أحسن، ولكن لا حياة لمن تنادي. أقضي يومي متوتّرة وغاضبة، ولا تهدأ

جوارحي إلاّ حين أمسك القلم، وتبدأ الأفكار تتزاحم لتخرج وتأخذ مكانها الطبيعيّ على بياض الورق، وأطمئن إلى أنّ ما كان يجيش في صدري قد تدفّق، ولم يبق فيه ما يذوب عند أوّل اشتعال.

دائماً أنا والكتابة دون قيود ملجأي الوحيد لأرتاح، ويتلاشى جمر روحي، ويصير إلى رماد.

دائماً تأخذني هذه الحالة والكتابة بلا حدود، تأخذني إلى المعذّبين والمجروحين والمحبطين والمهمومين، والذين لم تترك الحرب بأجسادهم، وبأرواحهم مكاناً إلاّ وخلّفت فيه طعنة لم تندمل، أو ندبة لجرح عميق، أو إلى أماكن لا أدقّق بمن كان فيها، وبيوت قد تهدّمت، ولا أعرف أكان أصحابها قد كتبت لهم النجاة، أم أنّها دفنتهم في ركامها.

أعرف وأدرك تماماً أنّني أعيش في مرحلة صعبة من حياتي المرّة، وكم واجهت -على صغر سنّي- مسائل معقّدة تضع العقل في الكفّ. كم من بيوت يسيطر عليها صمت مريب بسبب ما تمرّ به من ضيق، ومشكلات مزمنة، وخوف من محيط اجتماعيّ لا يرحم بسبب تشوّهاته التربويّة، والتفاهات التي يتشبّث بها حول ما يفرّق بين الإخوة، وبين إنسان وآخر، وبين معتقد وآخر.

أصعب ما كان يعترض طريقي الأنفس المريضة، التي لا شفاء لها، في أجواء كانت السبب بأمراضها.

أحياناً لا أستطيع التحكّم بمشاعري، ولا بضبطها حين تكون الأمور التي تختزنها ذاكرتي في غاية السوء، ومشاهدها لا يستطيع العقل تحمّلها، ولا تستطيع العاطفة أن تتوقّف عندها لشدّتها، وأكون حائرة بين أن أوقظها، أو أهدهد لها كي تنام وأتناساها.

أصعب تلك الحالات ما تفعله العادات والتقاليد، التي تكبّل الناس، والمرأة خاصّة، لأنّها الحلقة الأضعف في سلسلة حياتنا الصدئة أساساً؛ فعليها دائماً لا أن تكتم مشاعرها فقط، بل عليها أن تخنقها وتميتها حتّى لا تتعرّض للسين والجيم، ويكون الثمن غالباً حياتها. كم من حالات الحبّ البريء انتهت بجريمة قتل، كم من حالة زواج تمّت دون إرادة الفتاة، كم فتاة لم تتابع تعليمها بسبب الجهل، وحتّى لا تفكّر بالتحرّر. كم من فتاة تُسجن بين أربعة جدران بسبب العيب على أنّها عورة، حسب ما يقول الجهلة والمتخلّفون، والمتشدّدون في الدين، ولا يجب أن يراها أحد سوى محارمها.

أعيش مثل هذه الحالات كلّ يوم، وأنكفئ إلى اليأس غير المبرّر، وأُخذل أحياناً، بأنّي لا أستطيع أن أفعل شيئاً، وليس أمامي إلاّ أن أستسلم بعد إحساسي بأنّ أجنحتي تكسّرت، ولا أستطيع الطيران. أحمد الربّ على أنّ مثل تلك الحالات اليائسة لم تستمرّ طويلاً، وأرى نفسي كطائر الفينيق. أنتفض من رمادي وأحيا، وأجد الفضاء شاسعاً، وأنا أزداد رغبة بالتحليق إلى أقاصيه، وإلى مجاهيله، وإلى آخر بقعة في الأرض لأرى أولئك الذين هُجّروا، أو نزحوا من أوطانهم، وأعانقهم واحداً واحداً، وأقول لهم بصوت شجيّ: «أمّهاتكم في غاية الشوق لكم، إيّاكم ان تنسوا البطون التي حملت بكم، والعيون التي سهرت من أجلكم، إنّكم أكبادهنّ التي تسير على الأرض، وتنتشر في هذا العالم».

أكثر ما كان يؤلمني رؤية هذه الأكباد تتمزّق، على دروب الشتات بعد المحنة التي ألمّت بالبلاد، ولا زالت هزّات زلزالها

الارتداديّة تُحدث الكوارث هنا وهناك، وأصعبها بالإضافة إلى حالات غرق الفارّين في مياه البحار؛ ضياع الجيل الجديد في متاهة المخدّرات، التي لم يجد العالم لها حلاً، وعلى العكس فهناك من يغضّ الطرف عن هذه المسألة الشائكة، وشراسة عصابات التهريب لهذه المادة الخطيرة.

لم يكن بعيداً منظر الفتى، الذي كان يهدّد المارّة قبل يومين بسكّين كبّاس، وقد خرج عن طوره بالصراخ والهلوسة، وبدا للناس أنّه أقرب إلى حالة الجنون، ولو لم يحتالوا عليه لما استطاعوا إلقاء القبض عليه وتقييده، وتسليمه إلى اللجان الأهليّة بسبب غياب الدولة في المنطقة.

***

أعود لمراجعة ما دوّنته في دفتري وعمري لا يتجاوز الخامسة والعشرين عاماً، وأشعر أنّه كان مليئاً بالأحداث والعذاب والمطبّات، والأبواب التي صدئت أقفالها أمامي. الأمر الذي بعث الراحة النفسيّة لي، ربّما كان التدوين عبر الأزمنة كالطائر المكلّف بارتياد الأماكن الساخنة، ليرى من فوق سطوح البيوت أيّها يخيّم عليها الحزن، وهي تبحث عن قوت لصغارها، وأيّها يعلو منها أنين القلوب الجريحة، وأيّها ترقص فيها المسرّات.

يتحوّل الحبر والدموع في الحالتين إلى ما يجعل البوح يتوهّج، ويكون للعاطفة فعلها، في نشر الحقيقة، والتأثير المباشر على العقل ليكون شاهداً حيّاً على ما يجري دون أيّ التباس أو غموض أو تلفيق.

كان عليّ أن أستعدّ لهجر المكان مرغمة، مدينة السويداء التي حضنتني وأحببتها على الرغم من كلّ الآلام التي عانيتها فيها، والمحطّات التي توقّفت فيها، ومنحتني الأمل بأن أتابع مسيرة حياتي بسلام، وكانت إحداها وأشدّها تأثيراً بنفسي، وعنوانها الأثيريّ الذي لا يمكن أن يمحوه الزمن، ألا وهو «الحبّ» والذي لم يكن عابراً كأيّة علاقة عاديّة بين فتاة وشاب. بعد أن ضحّى بحياته، وهو يبحث عن الحبّ، الذي اختفى فجأة بأيّام الحرب؛ كما كنت عوناً لصديقي عاصم في البحث معه، ولا أنسى لحظات السعادة والفرح، في بريق عيون حبيبين عندما التقيا بعد بحث طال، كان نصيبه فيه العذاب والخوف والقلق والترقّب في الأمكنة التي كان يتوقّع أن تكون حبيبته فيها، وفي النهاية انتصر الحب.

***

2

كانت المسافة التي قطعتها من محافظة السويداء إلى العاصمة دمشق «الشام أمّ الدنيا» ممتعة، لم أشعر بها بسبب امرأة عجوز كانت رفيقتي، وشريكتي مصادفة بمقعد في السيّارة التي أقلّتنا، وقبل أن نتجاذب الحديث معاً، ونتعرف على بعضنا.

كانت الصور المتخيّلة لمدينة دمشق تفد إلى مخيّلتي في شريط غير متجانس المناظر، رسّخَتْها في ذاكرتي معلومات قد اختزنتها لها من قبل، وممّا كنت أسمعه من الناس الذين سكنوها خاصّة في أحيائها الشعبيّة قبل ارتحالهم القسريّ عنها بسبب الإرهاب الذي أجبرهم على ترك بيوتهم، والعودة إلى قراهم وبلداتهم.

هذه الصور كانت تشتبك مع حواسي لأستنشق حتّى عبير ياسمينها، وعطر ورود دورها من جوري وحبق ونارنج. وأصغي بكلّ كياني لموسيقى نوافير بحيراتها، ونهرها الخالد بردى، وتكبير مآذنها، وإيقاع أجراس كنائسها، والسير بين حاراتها القديمة، التي لا تزال تسترسل مع التاريخ والتراث، بكلّ مفردات عماراتها

المشبعة برائحة كلّ الناس الذين وفدوا إليها من كلّ بلاد الدنيا هرباً من الحروب أو الظلم أو الجوع، وكانت ملاذاً آمنا لهم، فتعايشوا مع أهلها الكرماء، وما زالت سلالاتهم تتناسل على أرضها المباركة إلى يومنا.

لم تسرقني دمشق إلى عالمها الجميل، وعلى نظرات الفقراء المحزونين فيها، والمتعوّدين على يدها السخيّة بالعطاء والحنان طويلاً، ليأتي دور المرأة العجوز التي جلستُ إلى جانبها. لن أنسى نبرة صوتها المتهدّج بشجن من الصعب تصوّره، وهو يخرج من صدرها ليطرق أذني كما طلوع الروح، وهي تردّ عليّ السلام. كانت تلمع الدموع التي ترقرقت في مقلتيها، راحت تنظر إليّ وتتمسّك بصرّة قماشيّة في حضنها.

جذبني الفضول كي أتمعّن بتقاسيم وجهها الذي لم تتركه الحياة قبل أن تحفر فيه بإزميل غير مرئيّ كلّ قسوتها، تظهر التجاعيد بخطوط مرسومة كأنّ كلّ خطّ منها يتكلّم عن وجع يحرق في أعماقها كلّ ما كانت قد عانته من تعب وقهر وذلّ.

كنت أشعر أنّ الطريق يطول.

حاولت العجوز أن تنكمش في المقعد حتّى تتأكّد أنّها لا تضايقني، بدوري حاولت أن أزيح جسمي بأقصى ما يمكن لترتاح في جلوسها، وأدعها تشعر بأنّي لم أتضايق من وجودها إلى جانبي. تبتسم لي، وأبادلها الابتسامة، وأضيف قولي لها بأنّي سعيدة بها، لأنّ حظّي كبير بوجودها رفيقتي في هذه الرحلة.

بعد قليل من الصمت الذي ساد ما بيننا قالت بأنّها تحبّ أن تتعرّف عليّ، وأنّها أحبّتني قبل أن تعرف عنّي أيّ شيء، سألتني:

ـ شو إسمك يا بنت؟ ان شاء الله يكون إسمك حلو مثلك؟

ـ إسمي فرح، إن شاء الله عجبك؟

ـ هو إسمك جميل مثلك.

أحسست بكلماتها تنبع من القلب، وشعرت براحة نحوها.

يصعد السائق، ويجلس خلف مقوده. ينظر نظرة «بانوراميّة» في المرآة التي تواجهه، يبدو أنّه يتفقّد الركّاب، ويتأمّل وجوههم بشكل عشوائي. يتوقّف نظره عندي وعند العجوز، لم أنتبه له في البداية، كان يشغلني حديثي مع العجوز، والعجوز كذلك، يلتفت السائق إلى الخلف، ويقول مخاطباً الجميع بنبرة فيها شيء من الأمر

ـ أحدكم يجمع البطاقات الشخصيّة، ويعطيني إيّاها قبل أن ننطلق. ستُطلب منّا حتماً عند الحواجز الأمنيّة للتدقيق بها؟!

يشغّل السائق المحرّك لتحميته.

يتطوّع شابّ نحيل وملتحٍ، يقف ويتنقّل وسط السيّارة (الباص) ويجمع البطاقات، كانت المفاجأة التي لا تسرّ رفض شابّ يجلس في المقعد الخلفي، ويبدو عليه التنمّر، أن يعطيه بطاقته.

يعطي الشاب الملتحي البطاقات التي جمعها للسائق، ويقول له بأنّ شخصاً في المقعد الخلفيّ رفض أن يعطيه بطاقته دون أن يذكر السبب، يطفئ السائق المحرّك، يقف خلف المقود، ويلتفت إلى الخلف ويقول غاضباً:

ـ لن أشغّل السيّارة حتّى تكون كلّ البطاقات في يدي، لست مستعدّاً أن أتبهدل عند الحواجز من أجل أحد!

تلتفت العجوز إلى الخلف، وتخاطب الشاب المشاغب:

ـ يا ابني، يسّر أمورنا، اعطيه هويتك يرضى عليك، خلّنا نمشي!؟

يقول أحد الركّاب للسائق:

ـ شغّل سيارتك، رجال الحاجز يعرفون شغلهم معه!

يقول السائق متذمّراً:

ـ لا حول ولا قوّة إلاّ بالله، أنا لا أريد أن يعلق مع رجال الحواجز

يشغّل السائق المحرّك وينطلق، تهمس العجوز في أذني:

ـ هناك شباب عقلهم أعوج. ألله يعين التي ستكون زوجة أحدهم. أجيبها بهمس:

ـ إيه يا خالتي، الظروف التي نمرّ بها لم تترك شيئاً إلاّ وخرّبته، وخرّبت حتّى عقول الناس!

ـ أشعر أنّي نعست، اتركيني أنام شويّ!؟.

تحاول أن تستند لكنّ جسمها لم يطعها، لم تستطع مقاومة النعاس فغفت، وعيني تراقب العجوز خوفاً من أن تهوي من المقعد.

شعرتُ بالذنب لأنّي جلست إلى جانب النافذة، ولم أطلب من العجوز أن تجلس مكاني، استبدّت بي الحيرة بين أن أوقظها أو أتركها، وأظلّ خائفة عليها بسبب مطبّات الطريق، الذي يسلكه سائق الباص.

***

شردتُ بأفكاري وأنا أنظر من نافذة الباص أراقب المناظر، التي تمرّ أمام ناظريّ مسرعة. لاحظت نفسي، وكأنّي أمام شاشة تلفاز أشاهد مسلسل، هنا منظر المناطق الذي شوهّها الدمار الناجم عن الحرب، وأصبحت منفرة للأنظار، ويعجز الفكر، وهو يبحث

عن السبب الذي أدّى إلى كلّ هذا الحقد والكراهية والخراب، كان مشهداً مرعباً لكنّه مع الوقت سيترمّم. الحياة وحبّ الحياة أقوى من كلّ هذا الدمار وهذا الخراب، بل وأقوى من الموت.

رأيت من النافذة بعض الناس حول حاوية نفايات يبحثون فيها وحولها عمّا يمكن أن يعثروا عليه من بقايا أطعمة مخلّفة ممّا رماه الأثرياء، كان المشهد مؤلماً، ويترك جراحاً نفسيّة لا تترمّم مهما طال عليها الزمن. أرى مناطق أخرى تعجّ بالحياة والحركة وكلّ شيء على ما يرام، لكن وجوه الناس الحزينة تعبّر عن خوفها من القادم من الأيّام المجهولة المصير.

صحوت من شرودي على همس غامض من العجوز ولكزة منها، وقد صحت من نومها ملهوفة تبحث عن الصرّة، التي كانت بحضنها؛ فبعد أن استرخت بنومها سقطت منها واستقرّت تحت مقعد الباص، انحنيتُ بصعوبة حتّى استطعت أن ألتقطها وأعيدها لها أعادت الصرّة إلى حضنها، وتمسّكت بها بيديها الاثنتين، وهي تنظر لي، ثم سألتني بصوت مختنق:

ـ هل وصلنا إلى المدينة يا فرح؟

أجبتها:

ـ لم نصل بعد.

همست بكلام لم أفهم منه شيئاً، حاولت أن أستفسر ما قالته، سألتها:

ـ هل تتكلّمين معي يا خالة؟

ـ نعم أسألك، بنت من أنتِ؟ ومن أمّك وأبوكِ؟

تساءلت في سرّي: «قلت لها اسمي من قبل، ونادتني به أكثر

من مرّة، ما قصّة هذه العجوز؟ على أيّ حال لن أُظهر لها ذلك».

ارتبكتُ بما سأجيب ثم قلت لها:

ـ أنا فرح.

تكرّر العجوز سؤالها لي:

ـ بنت من أنتِ؟

أتهرّب من الإجابة، عدت بشريط حياتي الحزين، ثم كرّرتُ:

- أنا فرح. وعلى الفور سألتها:

ـ لماذا أنت مسافرة وحدك يا خالة؟ أين أولادك؟ وبما ينادونكِ؟

تنهدت العجوز وقالت لي:

ـ يا بنتي أنا ما زلت أحبّ اسمي شهلا، وأحب الكلّ يناديني به، ولو أنّي كبرت بالسنّ.

ـ أليس لديكِ أولاد وأحفاد؟ إلى أين تذهبين بهذه السفرة؟

يبدو أنّ سؤالي لها فتح جرحاً كان مندملاً. بلعت ريقها، شعرت بغصّة وعلقت كحّة خفيفة في صدرها، ثبّتت الصرّة في حضنها، وأشارت لي بأنّها تريد شربة ماء، فيما لو كنت أحمل معي الماء.

فتحت حقيبتي بسرعة، أخرجت منها قنينة ماء بلاستيكيّة تعوّدتُ أن أحملها في مشاويري البعيدة، فتحت غطاءها، حاولت أن أسقيها بيدي، مع ازدياد سعالها الذي لم يفارقها. لم تستطع ابتلاع ما كانت قد شربته، فراح الماء يسيل على صدرها وحضنها وصرّة ثيابها، بسبب اختلال توازنها، مع اهتزاز الباص، وسعالها الخفيف المتواصل.

بعد فترة لم تطل هدأت، حاولتُ مجدّداً أن أسقيها. استجابت وهي تشعر بسعادة لا توصف هكذا يشير بريق عينيها، ودموع

الفرح الكامنة في تجاعيد خدّيها. تغمرني سعادة لا توصف، وأنا ألفّ ساعدي حول عنقها، وأحضنها كما لو كانت واحدة من أقاربي، وأقدّم لها الماء لأسقيها بيدي، وأمسح بمنديلها المبلّل بالماء وجهها وعنقها ويديها.

كان ردّ فعلها ابتسامة عذبة، واحتضاني كما لو كنت ابنتها. راحت تتمتم بالدعاء لي أن يطول عمري، وأن يبعث الله لي عريساً جميلاً وابن حلال وغنيّ، ويهدأ بالي في كنفه، وأعيش معه بسعادة تامّة على مدى حياتي كلّها. أتمعّن بدعائها لي، وبأنّ مثل هذه الحميميّة لا تصدر إلاّ من القلوب المليئة حتّى الجمام بالمحبّة للناس. راحت تغمرني من جديد وتقبّل خديّ، وتشكرني على اهتمامي بها. بعد لحظات من صمت ساد ما بيننا، سألتها حتّى أكسر هذا الصمت بعد أن لاحظت شرودها بما تفكّر به:

ـ بماذا تفكّرين يا خالتي شهلا؟

ـ آه يا فرح، بماذا ستفكّر امرأة مثلي أكل الدهر عليها وشرب إلاّ بتعثّرها، وبصحّتها التي تشغل بالها على الدوام، أفكّر كيف ساقني الدهر لكي تكون نهاية حياتي في دار للعجزة؟

تنهّدت ونظرت إليّ كما لو أنّها تستدرّ منّي الشفقة والمزيد من الحنان، ثمّ لاذت بالصمت، لتعود إلى البوح بما يخفّف عنها ما يعتريها من ضيق، تتابع فتقول:

ـ يا بنتي يا فرح من أين سأبدأ بسرد قصّتي لك، وأنا لا أريد أن أوجع رأسك معي؟ حياتي كلّها معاناة وعذاب، ولا يمكن أن تكوني قد سمعتِ أو شاهدتِ مثلها ولا بالمسلسلات. ثم تنهدت من أعماقها وسكتت من جديد!

ـ أي خالة شهلا، أكملي ولا يهمّك، أنا متعوّدة على تعب البال، وتعب القلب، أنا متشوّقة لأسمع.

ـ كانت خالتك شهلا في أوّل ربيع شبابها، وأنوثتي تضجّ جمالاً. يقرّر والدي تزويج شقيقي الأكبر شامل، وبدأت العجائز مهمّتهنّ بالبحث عن العروس المناسبة، وذلك لا يحتاج الكثير من العناء في تلك الأيّام، لطالما لا رأي للعريس ولا للعروس في مسألة زواجهما

تُوفّق إحدى العجائز بالعثور على الفتاة فدوى في قرية مجاورة لقريتنا. كانت فرحة والدي لا توصف عندما أخبرته العجوز بأنّ العروس فدوى لها أخ أعزب اسمه فريد، ويبحثون له عن عروس هو الآخر؛ وهذه فرصة رائعة لتوفير تكاليف الفرح على عائلتي العريسين؛ والأهمّ من ذلك أنّهما لن يخسرا اليد العاملة للعروستين، هذا ما عبر عنه الأب بقوله: «جمل محل جمل يبرك»

ولم تتح لي الفرصة أن ألمح وجه العريس إلاّ ليلة العرس، ولو لمرّة واحدة. حدث ذلك دون أن يسألني والدي عن رأيي أو رغبتي، ففي ذلك الوقت لا يحق للفتاة أن تختار أو ترفض أو تعبر عن رأيها أو تخالف ما قرره والدها. لم يكن لي غير أن أستسلم وأوافق دون اعتراض، هكذا كانت العادات والتقاليد.

كما أنّ أخي شامل تزوّج بذات الطريقة، عليه أن يوافق على ما قرّره الوالد، الذي اختار مع العجوز المدبّرة الأمر دون تعقيب، ودون أيّ لقاء بينه وبين عروسه فدوى.

لكن ما طرأ يوم عرس شامل لم يكن في الحسبان، والحدث ما زال في ذاكرة القرية، والجميع يتداولون شجاعة أمّي، التي ذاقت السمّ قبل أن يأكل أيّ شخص من طعام العرس، ويصاب بضرر.

سألتها ملهوفة عمّا حدث:

ـ وكيف يا خالة شهلا؟

ـ كانت أمّي قد نذرت لأخي شامل الوحيد، خروفاً في عرسه كغداء لأهل القرية.

تستيقظ من الصباح الباكر، لتعدّ الطبخ أمام مكان قديم مهجور مبني من حجارة بازلتيّة أثريّة، وسقفه من خشب متآكل ومتقصّف مع مرور السنين التي مرّت عليه، ويبدو أنّه صار ملاذاً للأفاعي بعد أن كان «بايكة» للدواب، وغدا المكان المناسب لتخزين الحطب، وطهي الطعام على موقد حجريّ أُعدّ خصّيصاً أمامه لهذه الغاية.

بعد أن انتهت من طهي الخروف، وحان الوقت المحدّد لتوافد أهل القرية، وتناول الطعام قبل جلب العروس لأخي شامل.

دخلت الوالدة لتسكب الطعام. سكبت البرغل في المنسف، وبدأت تسكب اللبن المطهو مع لحم الخروف، وكانت قد تركته دون غطاء، خوفاً من أن «يفصل» فيفسد. شاهدت شيئاً غريباً على سطح اللبن لا ينتمي للحم الخروف. أمسكت بقطعة منه في يدها وتمعّنت بها، فوجدتها من بقايا أفعى مهترئة من الغليان، ومفتّتة إلى أجزاء. عصرت رأسها بيديها، وخنقت بداخلها صراخاً وكتمته حتّى لا يسمعه أحد، حبست أنفاسها، وذهبت كالمجنونة تبحث عن والدي بين المدعوّين، همست بأذنه ما رأت في الطعام. عم السكوت والحيرة بينهما، وكيف سيكون الخجل من المدعوين. تبتسم بثقة وتقول لوالدي بنبرة قويّة:

- أنتَ اذهب ورحبّ بالضيوف في المضافة، وأنا سأتصرّف بالنسبة للطعام.

بدا والدي يومها في غاية الارتباك، سألها:

ـ ماذا ستفعلين؟

- أنا سآكل أولاً، وإذا أصابني شيء اشرح للضيوف ما حدث، وإذا بقيت على قيد الحياة نكمل سكب الطعام ونقدمه لهم. وأنت إيّاك أن تخبر أحداً عمّا يجري.

تقبل والدتي على الطعام، تأكل منه بشهيّة، مضحيّة بنفسها إنقاذاً للموقف الحرج الذي هم فيه، مقابل ألاّ يتسمّم أحد من الضيوف.

يذهب أبي إلى المضافة يرحّب بهم، ويعود ليتفقّد أمّي، فيجدها ما زالت تأكل من اللحم، وتشرب من اللبن بنهم. يتأمّلها وهو يضرب كفّاً بكفّ معزّياً نفسه بزوجته معتقداً أنّها ستفارق الحياة: «يا حيف يا أم شامل!»

ويعود إلى مسايرة الضيوف، ويفتح لهم حديثاً يطول الكلام فيه عن ماضي القرية، وكيف كان أهلها يعيشون أفراحهم في أوقات الشدائد.

ينقضي من الوقت على هذه الحال ساعة من الزمن، الذي تحسبه أمّ شامل بمراقبة الخيال الذي تنشره الشمس لقامة أو شجرة أو جدار، وهو الوقت الذي يُعرف فيه مصير من يتناول السمّ، مع تكتّمها الشديد على موضوع الأفعى، التي وُجدت في حلّة الطبخ.

حتى أنا وأخي شامل يومها لم نكن نعرف ما يحدث.

وكان أبي كما لو كانت في داخله نار تلتهب خوفاً على أمّي. كان كالمكّوك جيئة وذهابا بين تسلية الضيوف، وبين تفقّد حالة

أمّي التي اطمأنّت أنّها بخير، وأنّ الطعام لن يسمّم أحد. يسمع صوتها تزغرد فرحة، بدوره يرقص من الفرح، ويدخل المضافة وهو يهجن بصوت عالٍ مشيداً بزوجته التي تقف معه بروح قويّة في الأزمات، وتستطيع أن تفدي روحها من أجل كرامته، وأن يظلّ رأسه مرفوعاً بين أهل القرية:

ـ ألله لا يحرمني منّك يا أمّ شامل!

تتمتم أمّ شامل فرحة مطمئنّة:

ـ الحمد لله يا أبو شامل مضت على خير، وأكيد الأفعى سقطت من السقف في الحلّة، وسُلقت فيها قبل أن تطرح سمّها في اللّبن، بدرجة حرارة عالية، وغليان شديد لها فيه.

تعلو الزغاريد وهي تعدّ الطعام، تقول لوالدي أن ينادي الشباب ليحملوا معه الطعام. وبذلك الحدث يا فرح اكتملت فرحتنا بأخي شامل وبعد أن انتهى كلّ شيء أخبرتني والدتي بتفاصيله.

كنت أصغي للعجوز مندهشة بأمّ شامل الجبّارة، هذه المرأة الشجاعة، التي ضحّت بنفسها من أجل ألاّ تؤذي أحداً، وإنقاذها لزوجها ممّا قد يتعرّض له من إهانة وملامة ومسؤوليّة أخلاقية في مجتمع لا يرحم.

***

كنت وأنا أقرأ ما دوّنته يدي، على أوراق بيضاء ناصعة ممتلئة بمتاعب المرأة وأوجاعها وظلمها، واغتصاب حقوقها والهيمنة عليها، وقوانين تسلب حقوقها لصالح الذكورة الفظّة، أتوقّف عن القراءة وأشرد بخيالي، لترتسم صورٌ لعناد النساء في محبّتهن

للحياة، واستمرارهنّ بتأدية أدوارهنّ الإيجابيّة لرسالتهنّ الوجوديّة، من الولادة حفاظاً على النوع، إلى نشر المحبّة والجمال، وفعل الخير دون التغاضي عن كلّ ما حدث، ويحدث على دروب آلامهنّ الطويلة والشائكة، لأعود من شرودي إلى مانحن فيه حاليّاً، والتغييرات التي طالت حتّى العادات والتقاليد والأعراف، ليكون ماثلاً أمام عينيّ الفرق ما بين الماضي والحاضر، وتعود صورة العجوز شهلا إلى مخيّلتي، وهي تحكي قصة عذابها، والظلم الذي حاق بها في الماضي على الرغم من أنّ الحاضر ليس أحلى في بعض مظاهره وعناصره؛ فقد فُقدت في ذلك العصر الذي عاشته العجوز شهلا الطيبة والمحبّة الغامرة والألفة، والتعاون العفويّ بين الناس، وأعمق المشاعر الإنسانيّة، حتّى مع من حملتنا في أحشائها، وجعلتها ظروف الحياة، ومأساتها الفرديّة تنسى، أو تتجاهل دورها كأمّ لتنجو بروحها.

يستمرّ شرودي المشتّت بين صور متعدّدة، ولم أستطع استيعاب كلّ التفاصيل؛ التي تمرّ في شريط متسارعة لتجتاز العقود التي قطعَتها، ولم تمحها قسوتها من ذاكرة شهلا.

ويظلّ للأقلام دور كي نأخذ منها الحكمة والعبر ودروس الحياة، عن بنات جنسنا اللواتي يضحّين بأنفسهنّ من أجل الغير، وتستمرّ الحياة بحلوها ومرّها، ونعيشها راضين، ومتأمّلين بأنّ الغد لا بدّ وأن يكون أجمل، والأمل يكبر ويكبر.

أتابع ما تقوله العجوز شهلا:

ـ أما بالنسبة لي؛ ففي يوم عرسي لم يكن أيّ شيء يعبر عن الفرح، حتّى الثياب التي كنت أرتديها، هي ذاتها ذهبتُ بها إلى

بيت عريسي فريد برفقة المرأة التي كانت المدبّرة لعرسنا، ولم تتغيّر طبيعة حياتي وعيشي؛ ففي قرية زوجي كان ذات التعب والشقاء، وأهل زوجي لم يخسروا يد عاملة، يد مكان يد، أعمل كلّ أوقات النهار وإلى آخر الليل فأنام من شدّة التعب. لم أشعر بالوقت الذي يمضي مسرعاً، ولا أشعر بالراحة إلاّ في النوم لأستيقظ مع شروق الشمس إلى يوم عمل جديد. تتجدّد الحياة بالعمل، بذات التعب، برؤية ذات الوجوه، بتكرار ذات الأدوات، وذات الأساليب في العيش والعمل.

رغم كلّ هذا التعب كنت مرتاحة مع زوجي بعد أن تطبّعت على طريقة العيش في كنفه. لا أجادله بشيء، أنفّذ كلّ طلباته بكلّ رضى ودون اعتراض، وإلى هذا اليوم أتذكّر تلك الفرحة التي غمرتني، وعشتها بكلّ كياني عندما أخبرته بأنّي حامل، فراح يمسح دموع الفرح بذيل الشال الذي يغطّي به رأسه.

لكن الأيّام الجميلة لا تدوم لأحد، يا بنتي فرح!

بعد أن أنجبت طفلاً، وأسميته وسيم، وأشرقت به حياتنا من جديد، وملأ البيت ضجيجاً، وصخباً من الفرح والسعادة، وأصبح بعمر ثلاث سنوات كانت الصدمة التي قصمت ظهري. ذات العجوز التي احتفلت بي عروساً لفريد سحبت طفلي وسيم من حضني وأنا أرضعه، وقالت لي بكلّ لؤم:

ـ أخوك شامل طلّق زوجته فدوى، وعادت إلى بيت أهلها، وأنت يجب أن يكون لك نفس المصير، وتعودين إلى بيت أهلك!

ـ ما ذنبي لأكون مثلها؟ أخي شامل يريد ولداً، وفدوى عاقر لا تنجب، لم تفرحه بولد، أنا أنجبت لزوجي فريد ولداً مثل القمر.

تقاطعني العجوز:

ـ أنتما «بدايل» والعادات تقول أن تطُلّق الزوجة، التي تقع ضمن هذه العادة، ويصيبك ما أصاب «البديلة» وأنت عليك أن تنصاعي، وتحفظي كرامتك، وتعودي إلى بيت أهلك الآن وليس غداً!؟

ـ أنا أحبّ زوجي فريد، وهو يحبّني كذلك، حرام عليكم تحرموننا من بعضنا، أين فريد لأقنعه ألاّ يحدث مثل هذا الطلاق.

ـ أقول لك، ضبّي أغراضك، وامشي إلى بيت أهلك، لا أريد الموضوع أن يكبر. اتركي طفلك وسيم، وغادري بالتي هي أحسن، زوجة شامل صارت عند بيت أهلها. مصيرك يا شهلا أن تذهبي إلى بيت أهلك، وتتركي وسيم في بيت أبيه.

بدا الغضب عليّ في تلك اللحظات المجنونة، واستحكم بي وانفعلت، أجبتها بصراخ سمعه كلّ الجوار، بعد أن خرجت عن طوري حين انتزعت وسيم من بين يديّ، وشلّت أعصابي، فتركته خوفاً عليه من الأذى، في اللحظة التي شدّته إليها:

ـ هذا ابني وما زال يرضع، لن أتركه لأحد، وإذا ذهبت إلى النار سأحمله معي. ما شأنك بنا؟ اخرجي من هنا، اخرجي، لن أترك ولدي لأحد، هذا ابني وهذا بيتي. صرخت بها وأنا ارتجف وأحاول استعادة طفلي منها، وهو ينظر إلي ويبكي ويقطّع نياط قلبي، وهي ما زالت تشدّه دون رحمة.

خوفاً على سلامته، تركته بين يديها، وهو يصرخ مرتعباً من الموقف، الذي كان فيه بين نارين، وصوتي العالي الذي لم يكن متعوّداً أن يسمعه:

ـ أنا لن أذهبَ قبل أن أسمع كلمة طالق من زوجي، أنتِ لا تعنين لي شيئاً، وكلامك في الهواء!

ـ زوجك فريد هو الذي أرسلني لأخبرك، وأقول لك قراره هذا!؟

ـ اذهبي إلى عمّي أبو زوجي، وقولي له أن يأتي لأسمع منه!؟

ذهبت وهي تحمل وسيم بين يديها، وهو ينظر إلى تلك العجوز ويصرخ، ثم عادت دون وسيم، وقالت لي:

ـ الآن يأتي عمّك.

وأنا ألوب كطير مذبوح من هذه المفاجأة، التي كانت دون عذر ولا مقدمات ولا ذنب، ولم تخطر لي على بال.

جاء عمّي بعد قليل، وقف عند الباب ونظر إليّ، وقد بدا عليه الغضب، وبدا لي أنّه موافقٌ ومتّفقٌ معهم على هذا القرار، وقال بصوت فيه الحسم:

ـ أنتِ لا تتميّزين بشيء عن فدوى التي تركها أخوكِ، وأنتِ تذهبين إلى بيت أهلك دون جدال كما هي عادت إلينا.

وغادر المكان، لحقت به وأنا أرجوه وأبوس يده ليترك لي وسيم، لأحمله معي إلى بيت أهلي، وأعتني به وأرضعه. قبِل منّي أن أحمله معي بشرط أن أعيده بعد أسبوع فقط.

لم يكن أمامي إلاّ أن أحمل طفلي على صدري، وأشدّ عليه بيد، وبيدي الأخرى أحمل صرّة فيها ثياب ابني وثيابي، ورافقتني تلك العجوز ذاتها التي رافقتني في يوم عرسي.

هكذا كانت المرأة في تلك الأيام كالسلعة بأيدي الرجال لا تستطيع أن تقول: نعم أو لا بأيّة مسألة، وهي حيّة. كم كانت هذه الكلمة حارقة يا فرح!

قالت لي:

- جفّ فمي يا فرح، اعملي معروف اسقيني.

سقيتها وأنا أعتذر منها بأنّي من نكأ عليها جراحها.

- لا يا فرح هكذا جراح لا أستطيع أن أنساها، هي راسخة في ذاكرتي، أرتاح حين أفضفض بما يغلي في رأسي عندما يسمعني أحد، لأنّها علامة منقوشة كما لو كانت قد نقشت بأقسى الصخور لا بذاكرة إنسانة من لحم ودم، ودرس من دروس الحياة.

شربتْ ماء وشعرت أنّها ارتوت، وبعد أن ارتاحت قليلاً، سألتها وقد كان هاجسي أن أسمع منها ما تبقّى من حكايتها مع الزمن:

- ماذا حدث بعد ذلك، هل تزوجتٍ مرّة ثانية؟

ابتسمت شهلا، كان في عينيها كلام كثير وبوح، أعتقد أنّها لم تقله لأحد من قبل، تنهّدت وقالت:

- لو كان الأمر بيدي لم أعدها ثانية، مازالت حكايتي لم تنتهِ، لا يزال الكثير من عذاب خالتك شهلا في جعبتها، هل أنت مستعدّة لأن تسمعي قصّة عودتي الخائبة إلى بيت أهلي لآخرها؟

سألتني وهي تعرف أنّي لن أرفض هذا الطلب، الذي أنتظره ملهوفة، لأعرف ما هو مخبّأ في صدرها من أسرار:

- أي خالة لكنّي أخاف عليك من التعب.

- لا يا فرح إنّي ارتحت كثيراً بوجودك إلى جانبي في هذه الرحلة، وأرتاح إذا تكلّمت، وأفرغت ما يثقل عليّ من همّ وغمّ.

توقّفتْ عن الكلام قليلاً، وبدت أنّها تتذكّر أين وصلت بالحديث. ذكّرتها بأنّها وصلت إلى كونها في الطريق إلى بيت أهلها.

- أي يا خالتي، بمجرّد وصولنا، وقبل أن أدخل عتبة البيت

صاح بي والدي بصوت عالٍ:

ـ لماذا أتيت بوسيم معك؟ نحن لسنا مسؤولين عنه، يجب إعادته إلى بيت أبيه.

دنا منّي غاضباً وانتزع الطفل من بين يديّ، حاولت إقناعه بأنّه لن يظلّ عندنا بشكل دائم. قال بعصبيّة:

ـ ممنوع النقاش!

كلمة الوالد أيّاً كانت لا تُردّ. أخذ وسيم منّي ثم قال للمرأة التي رافقتني، بصوت عالٍ، وهو في منتهى الغضب، لم أتذكّر اسمها الآن لأنّي أكرهها:

ـ أمسكيه من يده وسلّميه لأبيه فريد، مع السلامة. قولي له عن لساني: هذا ابنك، ونحن لا نريد أن نراه بعد الآن ابداً!

أمسكت المرأة الطفل وهو يصرخ، وأنا انظر إليه بحرقة، أدارت ظهرها وهمّت بالمغادرة، شعرت بأنّه أخذ قلبي معه، وأنّ حياتي انتهت منذ تلك اللحظة!

تنساب دموع على خدّ الخالة شهلا، تسكت عن الكلام قليلاً. تفطن لدموعها، تمسحها بطرف منديلها، ثم تضيف:

ـ لست قادرة على التعبير عن مشاعري التي تفجّرت في ذلك الوقت، ومهما عبّرت عنها الآن، فلا أستطيع وصفها، يومها شيء من كبدي انتُزع منه! لم يكن بيدي أيّ حلّ إلاّ أن أستسلم للواقع، وأطوي جناحيّ وأهدأ، وأكظم غيظي، وأكبس على جرحي الذي مهما داويته لن يشفى ولن يلتئم.

لم تمرّ إلاّ أيام قليلة بعدها، ليخبرني أبي أنّه دبّر لي عريساً اسمه أحمد بنفس الطريقة، وكأنّي شيء من أثاث البيت أُباع

وأُشترى في أي وقت، ولا يحق لي بأن أبدي رأيي. حضر رجلان وامرأتان، وأخذوني إلى عريسي أحمد الذي لم أشاهده إلاّ في ذلك اليوم، وأنا لا أدري إلى أين، ولم أفتح فمي طول الطريق، ولم أسألهم أيّ سؤال.

وصلنا، وكانت المفاجأة بأنّ هذا الرجل مسنّ وعجوز وكفيف، ورائحة مسكنه لا تطاق، يبدو أنّ أحداً لم يخدمه، ولم يغسل له حتّى ثيابه المتّسخة والمتعفّنة.

عشت معه بصفة خادمة، ودليلة للطرقات المؤدّية إلى الأمكنة التي يقيم فيها السحرة والمشعوذون، ومحلاّت التداوي بالأعشاب لعلاج عينيه بالأعشاب وغيرها. ولا جدوى من كلّ ما سعينا له، وفشلت كلّ الجهود التي بذلناها لعلاجه.

وفي وقت متأخّر من ليل أحد الأيّام شديدة البرودة، أُصيب فجأة بوعكة صحية، أُجبرت أن أذهب به إلى المشفى، لم يكن الأمر سهلاً عليّ لعدم وجود واسطة نقل، أو من يساعدني على اصطحابه إلى هناك.

في تلك الليلة كان الطبيب المناوب مشغولاً بمعاينة مريض، وفي البرد القارص اقترحت علينا الممرضة أن ندخل إلى غرفة الإسعاف، دخلنا ننتظر دورنا، لفت نظري طفل متمدّد على السرير، لا يزيد عمره عن العشر سنين، وجرحه بليغ ينزف، والطبيب بدأ بعلاجه، والطفل يتلوّى من الألم، وبجانبه رجل يبدو عليه الخوف الشديد، سمعته يهمس بأذن الطبيب ويقول له:

ـ حادث السير هو قدر، وأنا مستعدّ لتأدية كلّ التكاليف، وكلّ ما يحتاجه من معالجة.

ثم سحب بطاقته الشخصيّة وأعطاها للطبيب، هز الطبيب رأسه بالموافقة، وأجابه:

ـ إن شاء لله يكون خيراً!

بدأ الطبيب بتنظيف الجرح، من أجل تضميده، واسترسل بالحديث مع الطفل، ليتأكد من سلامة وعيه:

ـ ما اسمك عمّو؟

أجاب الطفل:

ـ وسيم.

- كم عمرك؟

في الحين انتبهت للاسم عند ذكره، ركزت بنظري وسمعي، وحدسي مع قلبي، الذي ازداد خفقانه مع الطفل وما يقول:

ـ عمري عشر سنوات.

ـ أنت ابن من يا وسيم؟

ـ أنا ابن فريد عبده.

ـ سلامتك عمو، الحمد لله أنّك بخير، ولم يصبك أذى، هذه الليلة ستنام في المشفى، وفي يوم الغد صباحاً تذهب إلى بيتك، وتقول للماما أن تبدّل لك عن الجرح وتعقّمه.

- ما أخبرتني عمّو، ما اسم الماما؟

ـ قال لي أبي إنّ اسمها شهلا!

ينتبه الطبيب لهذه الإجابة الملتبسة، ويُفاجأ بها، يسأله: وأين هي أمّك؟

ـ أنا لا أتذكّر أمّي، فقط صورتها بخيالي، وتأتيني دائماً في الحلم.

قالت لي العجوز شهلا ما يقف له شعر الرأس، وهي تصف مشاعرها في تلك اللحظات، وما انتابها حين سمعت ما قاله الطفل للطبيب، قالت لي:

ـ شعرت يا فرح بأنّ الدماء تجمّدت في عروقي، وتقصّفت رجلاي، ورحت أكيل الدعاء لله أن يشفي وسيم، وأن يساعدني الربّ، فيعيده إليّ، وأضمّه إلى صدري وأعانقه. رحت أحدّق به، وأنا لا أستطيع أن أفعل شيئاً تجاهه، في تلك اللحظات الحرجة، توقّفت ذاكرتي، ودارت الغرفة بي والمشفى والدنيا، حين سمعت آخر جملة قالها الطبيب للممرّضة بعد أن انتهى من تضميده:

ـ خذي «وسيم» إلى الغرفة رقم 2 ودعيه يرتاح على السرير. والتفت نحونا، وسألنا:

ـ من منكما المريض؟

لا أدري ما الذي حدث بعد ذلك، فقد صدمني حضور طفلي وسيم المفاجئ، الذي لم أكن أحسب أنّي سأراه طول عمري.

قد غبت عن الوعي، ولا أدري الوقت الذي استغرق ذلك. بعد أن بدأت أصحو شعرت أنّي ما بين نائمة وصاحية، والطبيب يقول للممرّضة:

ـ إنّها أزمة نفسيّة، أعطها حقنة مهدّئة، لعلّها صباحاً ترتاح.

صباحاً لم أستوعب أين أنا، ومن أتى بي إلى تلك الغرفة ولماذا، ورحت أتلفّت في الغرفة المليئة بالأسرّة، وفي كلّ سرير مريضة، ومن كلّ سرير يصدر أنين مختلف. بدأت ذاكرتي تعود لي عندما سمعت صوت نقرات عكّاز زوجي أحمد، وهو يصيح في الممرّ:

- أين أنت يا شهلا، تعالي خذيني إلى البيت.

كان يقولها بصوت عالٍ، ويناديني كما لو كان في البيت، أمسكته الممرضة من يده، وقالت له:

ـ تعال معي.

دخلت الممرّضة، وهي تمسكه بيده، وهو يحدّثها ويقول لها:

ـ كنت أنا المريض بنوبة ألم شديد بخاصرتي، وهي من جاء بي إلى هنا، باتت هي المريضة، وأنا لم أعد أشعر بألم، وبقيت أنتظرها في صالة المشفى، وأنا لا أعلم ما الذي أصابها.

أوصلته الممرضة إليّ، وهي تقول له: هذه شهلا.

حاول أحمد الجلوس بجانبي، وهو يمسك بيدي ليساعدني على الجلوس، وأنا أنظر إلى هذا المسكين الذي يتعذّب من أجلي، وهو الذي يحتاج لمن يساعده. أمسكته على يده بعد أن أذنت الممرّضة بالخروج، والطفل وسيم لا يغيب عن مخيّلتي، ورحت أبحث عنه في غرف المشفى وبين المرضى. يئست ولم أعثر عليه، سألت الممرّضة عنه، أجابتني بأنّ والده حضر وأخرجه وغادرا المشفى، ثم عدت إلى البيت، وأكملت الدرب مع أحمد المسكين حتى توفّي.

***

3

لم يكن بالحسبان ما حدث في الباص الذي يقلّنا إلى دمشق.

يعترض الباص شخصان ملثّمان ومسلّحان.

يتوقف السائق ويطفئ المحرّك، وهو يتعوّذ بالشيطان. أحدهما يطرق الباب بعنف ليفتح السائق له، والأخر ظلّ متأهّباً في منتصف الطريق.

يصعد الملثّم الأوّل الباص، يقف في الباب من الداخل، ويستعرض وجوه الركّاب ويتمعّن ببعضها، ولا يفصح عمّا يبغي من ذلك. كلّ الركّاب كانوا في حالة خوف شديد ممّا يجري إلاّ السائق، فقد طلب منه معرفة ما يريد، فلم يجبه. يسير الملثّم في الممرّ الضيّق بين الكراسي، ليصل إلى شابّ يبدو في الثلاثين من العمر، يقول له بصورة فجّة دون مقدّمات:

ـ لو ستطير إلى آخر الأرض لن تفلت منّا يا كلب، هيّا انزل أمامي وارفع يديك. ينهره: إيّاك أن تأتي بأيّة حركة!

ينهض الشابّ فعلاً، وهو ينظر للملثّم باستهزاء، يسير أمامه في الممرّ حتّى الباب. يسأله: هل هويّتك معك؟ يشير له أنّها مع

السائق. يطلبها الملثّم من السائق، فيبحث عنها بين مجموعة الهويّات، يتمعّن بالصورة جيّداً، وقبل أن يناولها للملثّم يسأله:

- ممكن نعرف قصّته؟

ـ ما دخلك. يجيبه الملثم بنبرة حاسمة، وفيما كانا ينزلان من الباص يقول الملثّم للسائق: اغلق بابك وامشِ.

لا ندري ماذا حلّ بالشاب بعد تلك الحادثة؛ وكان على فضول الركاب أن يظهر، وأكثر من شخص راح يتكهّن ما السبب، أو يتوقّع ما سيحدث له، وبعضهم شعروا بأنّهم لم يستطيعوا التدخّل بالموضوع بسبب أنّ الملثّم مسلّح، وقد تكون قصّته مع الشاب تستدعي إطلاق النار، فكان يخشى من أن يُصاب أحد الركّاب بأذى. أحدهم علّل الأمر بأنّ يكون الثلاثة عصابة، أو جزء من عصابة تهريب، مخدّرات أو أسلحة، أو عصابة لسرقة بيوت أو سيّارات أو آثار أو أشخاص، الشرّ يظهر على وجوههم، كما لو كان سينفجر كبركان.

العجوز شهلا هي الوحيدة قالت معقّبة على المشهد:

ـ يا حيف على هكذا زمن وصلنا إليه، غاب القانون وغاب الرجال الذين كانت كلمتهم لا تذهب هباء، كانت المشاكل تُحلّ حتّى في أصعب حالات الثأر. والسكوت أولى، فالرصاصة الطائشة لا يعرف أحد من تقتل، ومن يقتل تذهب روحه رخيصة، في زمن الرخص هذا، يا حيف!

ما أسمعه من العجوز شهلا سيظلّ طول عمري جزءاً حيّاً في حياتي، على الرغم من أنّي لم أعشه إلاّ كحكاية، لما فيه من مآسٍ كانت تحدث لأجيال سبقتنا دون أن يحاول أحد أن يتصدّى

لتحدّيها ومنعها. كان الكلّ يباركها كعادات وتقاليد يجب أن يخضع لها المجتمع دون تذمّر ودون احتجاج.

لن تغيب عن خيالي، وهي تقول:

ـ مرّت سنوات العمر مسرعة يا فرح، حتّى أصبحت خالتك شهلا عاجزة، ولا تستطيع أن تكمل حياتها وحيدة، صرت محتاجة لمن يخدمني، فقرّرت ألاّ أعود إلى بيت أحد من أقاربي. اخترت أن تأويني دار المسنّين لأستقرّ فيها إلى آخر حياتي، احتجت فقط أخي شامل كي يؤمّن لي الأوراق الثبوتيّة المطلوبة لدخولي الدار، ذهب معي مرّة واحدة، وقُبلت وأصبحت نزيلة من نزيلاتها.

كنت منسجمة مع بنات جيلي في الدار، نقضي أوقاتنا بأحاديث كلّ منّا، عمّا تستطيع ذاكرتها أن تستعيده ممّا مرّ عليها في مراحل حياتها من مطبّات وأفراح وأحزان.

***

كانت مفاجأة لا تصدق عندما أخبرتني إحدى المشرفات في الدار بأن أجهّز متاعي البسيط من ثياب وغيرها. ما الخبر؟ ابني وسيم جاء ليأخذني معه بشكل نهائيّ، ودون أيّ نقاش، يدخل وسيم غرفتي في الدار، ملأ نوره المكان.

آثرتُ أن أدوّن لهفة العجوز شهلا للقاء ابنها، وكلماتها كما خرجت من صدرها حارّة تغتسل بمياه سعادة لا توصف:

ـ يا فرح، خالتك شهلا طارت من الفرح بعد هذه المدّة الطويلة على ما أظنّ من يوم لمحته في المشفى، ووسيم كان وظلّ هاجسي الوحيد طول هذه المدّة، وإلى هذه اللحظة. خرجت

من الباب حافية، يقبر قلبي، لا أقدر أن أصف لك كيف كانت تلك اللحظات، ولا أستطيع أن أعبّر عمّا كنت أنا فيه عند لقائنا ببعض، يا قلبي، نظر وسيم بحالي، وهو حزين على وضعي، وعلى صحّتي المتدهورة. راح يلملم ثيابي المبعثرة، وساعدني على أن أرتديها، وناولني حذائي لأنتعله، ثم حمل حقيبتي، وألقى تحيّة الوداع لكلّ صاحباتي النزيلات، وأنا بدوري عانقت من استطعت منهنّ، ثم خرجنا إلى مكتب المسؤول، واعتذر منه بأنّ ظروفه كانت صعبة جدّاً، وحرمته منّي، وقال له:

إن شاء الله سأعوّضها عن كلّ ما قصّرتُ به عليها، وأعدك بأنّها لن تعود إلى هنا، إلاّ إذا هي رغبت بذلك.

وصلت بيته وهو يمسك يدي، جلست وأنا متشبّثة به، وفي كلّ لحظة نغمر بعض، وأشمّ فيه ما حرمني الزمن منه، غادرتني أوجاعي، وشعرت بأنّي خُلقت من جديد.

في بيته راح ينادي زوجته وأولاده الأربعة بأسماء غريبة بالنسبة لي، مرّ وقت طويل حتى حفظت اسم زوجته «كرستينا»، أمّا أولاده فلم أحفظ ولا اسم من أسمائهم.

سكنت بينهم ما يزيد عن العام، ابني وسيم يذهب إلى عمله، ولا يأتي حتّى المساء، وأنا أعدّ الوقت بالدقائق حتّى يعود لأتحدّث معه، وأستأنس به. كرستينا مع أولادها لا يتكلّمون بالعربي، توجّه لي الكلام أحياناً، ولا أفهم ما تقول.

أخبرني وسيم أنّه كان مهاجراً إلى دولة أجنبيّة، وحدّثني عمّا واجهه من عناء، وكم تعذّب حتى وصل إليها، ومنها تزوج كريستينا، وبقي فيها حتّى جمع مبلغاً من المال يتيح له بناء مستقبله، ثم

عاد إلى الوطن وودّع الغربة، وأنّ هاجسه دائماً كان أنا، وأكّد لي أنّه من اليوم الأول لقدومه راح يسأل عنّي، ويفتّش حتّى وصل لي

يا فرح، كم فرحت برؤيته، واطمأنّ قلبي أنّه بخير، وأنّه يعيش بسعادة مع عائلته؛ لكنّي كنت في غيابه صامتة كلّ الوقت. لا يوجد من أكلّمه أو يكلّمني. صرت أشعر بضيق وضجر وقلق شديد، وكلّ ذلك كان يتفاقم، ويزيد يوماً عن يوم، حتّى لم أعد أحتمل. طلبت منه عدّة مرات بأن يعيدني إلى دار المسنّين، وكان يرفض، ويرجوني ألاّ أطلب منه هذا الطلب، أو حتّى أناقشه بموضوعه.

يسألني دائماً:

ـ هل يزعجك أحد؟

أجيبه، وأنا مرتاحة الضمير:

ـ لا يا حبيبي، زوجتك وأولادك كلّهم يقومون بخدمتي، لكني اشتقت لرفيقاتي في الدار، وقلت له ذات يوم ممازحة حتّى لا أراه غاضباً أو حزيناً، بأنّه قد يعود في يوم من الأيّام، ولا يجدني في بيته، ويعرف أنّي قد عدت إلى بيت العجزة. هذا ما حدث أخيراً يا فرح، انتظرت حتّى خرج وسيم إلى عمله، وخرجت أستهدي طريقة الذهاب إلى دار المسنّين، وسعدت بلقائي بك.

- أي خالة شهلا، ها نحن قد وصلنا.

بدأ السائق بتوزيع البطاقات الشخصية على أصحابها، وينادي كلاًّ منهم باسمه، وأنا أصغي حتّى يلفظ اسمي، وأستلم بطاقتي.

وبعد أن انتهى من توزيعها صاح بصوت عالٍ: «لمن هذه البطاقة؟ ناديت «ريعان» عدّة مرّات ولم تجبني صاحبتها!؟

استدركت، وانتبهت أنّها لي بعد ذلك، لأني غير متعوّدة على

مناداتي باسم ريعان المدوّن على بطاقتي، هذا الاسم الذي سجلته متأخّرة في دائرة السجلّ العدلي؛ فأنا متعوّدة على اسمي الأصلي فرح، الذي أحمله منذ ولادتي، وكل من يعرفني يناديني به، ولا أتذكّر اسمي الملفّق ريعان إلاّ في التنقّل، وفي دوائر الدولة.

نظر لي السائق غاضباً، وهو يقول لي:

«شو عمو نسياني إسمك!؟»

ابتسمت وأنا مرتبكة، شكرته على هدوئه معي.

وضعت البطاقة في الحقيبة، وأمسكت شهلا من يدها، ونزلت عند الموقف، ومن بعد ذلك نستقلّ سيّارة ونصل إلى دار المسنّين

هي راحت تتفقّد صرّة ثيابها وعكّازها، وأنا وقفت حائرة أين أذهب، وأنام هذه الليلة؟

مسكت يد شهلا، وأنا في حيرة من أمري، بأنّي لا أعرف أحداً، ولا أستطيع أن أنزل في فندق. أسأل نفسي، يا ترى هل يقبل مسؤول دار العجزة بأن أقضي ليلتي هذه في الدار؟ سوف أشرح له وضعي لعلّه يقبل.

تساقطت الدموع فرحاً وحزناً بآن واحد، تفرح بعودة العجوز شهلا إلى صديقاتها، وتحزن على الأيّام التي ضيّعتها، وهي تنتقل فيها من مكان إلى آخر، وتلوم نفسها على عدم وداعها لابنها، وعودتها لهذه الدار دون علمه، وطلبت من المسؤول بأن يتّصل به ويخبره. كان استقبال صديقاتها العجزة حافلاً بترحيبهنّ وتعبيرهنّ عن أشواقهنّ الحارّة لها، منهنّ من لامتها على عودتها وتركها بيت ابنها. راحت تشرح لهنّ عن الوضع غير المريح لها فيه، وكيف لازمها الضجر طول الفترة التي عاشتها فيه مع كنّتها وأولادها،

ثم في نهاية الشرح قالت لهنّ: «الجنّة بلا ناس ما بتنداس!»

من حسن طالع شهلا أنّ سريرها ذاته كان لا يزال فارغاً، فدعاها المسؤول إليه، وساعدتها المشرفة على وضع حاجياتها في خزانته الجانبيّة الصغيرة. وقفت حائرة بجانب السرير، حوّلت نظرها إليّ، وحدست من وقوفي أنّني حائرة، ولديّ الرغبة بأن أبقى عندها، وقد عرفت من حديثها معي، ونحن في الطريق إلى الدار أنّي لا أعرف أحداً، ولا مكان سأذهب إليه، دعتني كي أبقى عندها وأنام بجانبها

تشجّعت وذهبت إلى مكتب مسؤول الدار لعلّه يقبلني كمرافقة لشهلا، أو كضيفة هنا، وأنا خائفة من أن يخيب ظنّي.

وقفت أمامه متوجّسة، انتبه لي وقال:

ـ تفضلي يا بنتي، كأنّك تريدين أن تقولي شيئاً؟!

ارتبكتُ واحترتُ من أين أبدأ، ثمّ اختصرت له ما أنا فيه؛ وبعد أن علم بقصّتي، بشّ بوجهي ورحبّ بي، وعلى الفور اهتمّ بوضعي، وأوصى المشرفة كي تقدّم لي الطعام والشراب، وتجهّز لي سريراً لأقضي ليلتي. فرحت شهلا عندما عرفت بأنّي سأستقرّ على سرير خاص بي، وسألتني:

ـ هل ستبقين معنا يا فرح؟

ـ فقط هذه الليلة يا خالة.

بعض العجائز يتهامسن مع شهلا، يسألنها عنّي.

ـ من هذه؟ وما الذي أتى بهذه الجميلة إلى هنا؟ وما قصتها؟

وكانت شهلا تجيبهنّ همساً وباختصار، وتتشعبّ ردودهنّ الهامسة عليها، وأنا متعبة أفكّر بالغد، وأتخيّل حلولاً للضيق الذي أنا فيه، وتمنّياتي بأن تحدث مصادفات عسى أن تكون خيراً لي،

يشتدّ عليّ النعاس فأغفو. صحوت مبكّرة على تهامس المسنّات، وأعتقد أنّهنّ لم ينمن تلك الليلة إلاّ لماماً. ودعتهنّ وودّعت الخالة شهلا، وهي تشدّ على ذراعي، وتدعوني كي أكون معها في الدار. أقنعتها بأنّ ذلك من المستحيلات، خرجت من غرفة النزيلات، وقصدت غرفة المدير. شكرته، وهو يقلّب أوراقاً بين يديه قائلاً:

ـ انتظري قليلاً.

وضع أوراقه على الطاولة ثم سألني: إلى أين ستذهبين؟ أجبته:

ـ لا أدري، لكنّي سأذهب لأبحث عن بيت وعن عمل.

نهض من خلف طاولته، وقال:

ـ هيّا معي، اصعدي معي في السيارة، سأحاول مساعدتك.

وفي الطريق نسل مفتاحاً من جيبه، قدّمه لي وقال:

ـ تفضّلي هذا مفتاح غرفة ستسكنين فيها، إلى أن يفرجها الله عليكِ، ولا أحتاج منك أيّ مقابل.

بعد لحظات وصلنا، ثم أشار لي إلى غرفة في دار صغيرة شبه مهجورة، وأعطاني بطاقة مكتوب عليها اسمه ورقم هاتفه ثم قال لي:

ـ إذا احتجتِ شيئاً أخبريني، ثم عاد إلى عمله.

قلت هامسة في داخلي، ومستغربة بأنّ عمل الخير مع كلّ الظروف ما زال موجوداً عند بعض الناس، مع أنّ هذا الرجل لا يعرفني من قبل، ولم يسأل عن تفاصيل حياتي يقدّم لي هذا المعروف، الذي لن أنساه ما حييت.

***

4

مع أنّي في البداية كنت متخوّفة من دخول بيت ذاك الرجل، وضعت المفتاح في قفل الباب، وأنا أصغي لئلا يكون في داخلها أحد، وكأنّي لصّة أدخل للسرقة. تشجّعت بعد أن شعرت بالسكون يسكنها، وبدا لي أنّ فترة ليست بالقصيرة انقضت، ولم يدخلها أحد عدا صفير الرياح، التي تدخل نافذتها المفتوحة، وتدوّي في الفراغ. يلفت انتباهي العصافير التي كانت تقف فوق إفريز نافذتها من الخارج، وعلى شقوق تحت أطراف سطحها، وطارت عندما سمعت صوت صرير المفتاح، الذي صكّ بصدأ القفل وأنا أحاول فتحه، واستطعت أن أفتحه بصعوبة.

حتّى في شقوق فوق الباب كان عشّ مليء بزغاليل لا تقوى على الطيران بعد، والأمّ راحت تحلّق وتزقزق، وتراقب من بعيد خوفاً على فراخها.

دخلت الباب بخفّة، ورحت أتفقّد تلك الغرفة المتواضعة، لها شرفة تطلّ على الجوار طمأنتني بأنّي في حيّ شعبيّ يعجّ بالناس وضجيجهم.

مع كل التعب الذي أعانيه، لا بدّ أن أبدأ بتنظيف الغرفة من العفن، والعنكبوت الذي يلتصق في السقف، وأمسح معالم كلّ هذا الوسخ لأستطيع أن آخذ قسطاً من الراحة.

قمت بتنظيف ما استطعت أن أنظّفه، ويتيح لي أن أكون مرتاحة نفسيّاً. أخذت قسطاً من الراحة على مقعد ثابت في شرفتها، بعد أن ذهبت كلّ الروائح العفنة، وأنا استنشق الهواء الطلق، وأهجس في داخلي كيف تتيسّر أموري، وكيف يرسل القدر لي من يقف إلى جانبي في أشدّ المواقف حرجاً، وأتأمّل بالله وقدرته على ما حظيت به يوم أمس في مصادفة كانت لصالحي في كلّ خطوة.

صباح اليوم التالي خرجت تحت أشعّة الشمس الربيعيّة، وهبّات النسيم تحمل معها عطر الياسمين الذي يفوح من البيوت الشاميّة، لأتمشّى في شوارع المدينة، وفي حاراتها القديمة، مستأنسة بوجوه أهلها، وهم يفتحون أبواب بيوتهم، وأبواب رزقهم، أسمع دعاءهم المنبعث من هنا وهناك بأن يجبر الله بخاطرهم، وبحسنة أطفالهم يبارك بتجاراتهم، وبجميع أعمالهم ومساعيهم.

أتمشّى وأنا لا أعلم أين ستكون نهاية طريقي، وهمّي أن أجد عملاً يجعلني أستقرّ، ويهدأ بالي، وأحقّق الاتّزان النفسيّ، الذي يجعلني أفكّر بشكل صحيح.

يستقر رأيي أن أعمل أيّ عمل يحقّق لي دخلاً أعيش منه، لا بدّ في هذه الحال أن أعمل في عيادة طبيب، صرت أقرأ «آرمات» تحمل أسماء أطبّاء واختصاصاتهم، صعدت درج مبنى من أربعة

طوابق يفضي إلى عدد من الأطباء، دخلت عيادة الأوّل في أوّل طابق، استقبلتني سكرتيرته وظنّت أنّي جئتها كمريضة، حملت قلماً وسارعت تسألني عن اسمي، قلت لها والخجل ينال منّي:

ـ أنا يا أختي أبحث عن عمل!

ـ الطبيب «س. ع» في العيادة المجاورة لنا يبحث عن سكرتيرة، يمكنك الذهاب إليه، وأعتقد أنّك ستوفّقين بالعمل لديه!

كانت لديه إحدى المريضات خارجة من مكتبه عندما قرعت بابه، قال قبل أن يراني:

ـ ادخل!

دخلت وكان لمّا يزل يدوّن على «لابتوب» أمامه ربّما معلومات عن المريضة التي خرجت من عيادته للتوّ.

ـ تفضّلي اجلسي، ممّا تشكين؟ سألني!؟

ـ أنا أبحث عن عمل يا دكتور.

ـ جئتِ في الوقت المناسب، ما هو مستوى تعليمك؟ هل تجيدين لغة أجنبيّة؟

ـ تعلّمت حرّة حتّى الثانويّة، بالنسبة للغة الأجنبيّة أعرف حروف الانجليزيّة وبعض الكلمات فقط!

راح ينظر لي خلسة، وبدا كمن يفكّر، قال بعد هنيهة:

ـ لا بأس، أهلاً بك، ليست اللغة مشكلة على أيّة حال، وضعك الاجتماعيّ لو سمحتِ: آنسة، متزوّجة، مطلّقة، أرملة، واسمك الكريم؟

ـ اسمي فرح، ولا أزال عازبة، إن شاء الله سأكون عند حسن ظنّك.

ـ يمكنك الدوام متى تشائين، وأفضّل أن يبدأ دوامك غداً، الدوام هنا قبل الظهر من التاسعة صباحاً وحتّى الواحدة ظهراً، ومن الخامسة إلى السابعة مساء.

ـ صباح الغد أداوم بإذن الله.

ودّعته وعدت أدراجي، ورحت أتلفّت يميناً ويساراً محاولة حفظ معالم الطريق التي أسيرها، فلا أتوه عند مجيئي غداً.

داومت كما اتّفقنا، كان لي طاولة وخزانة صغيرة في غرفة انتظار المرضى، بدأت أستقبل المرضى وأسجّل أدوارهن في مراجعته، أكثرهن نسوة بعضهّن يرافقهنّ الزوج أو الابن الأكبر، أو أحد محارمهنّ الأقربين من غير هؤلاء.

فاتني أن أذكر كيف كلّفني بأن أقبض من المرضى أجرة المعاينة بعد أن حدّدها لي، ارتحت لها إذ كانت معقولة جدّاً، ولم أتعرّض لأيّ تشكٍّ من أيّ مريض حول قيمتها.

عند الساعة الثانية عشرة ظهراً تماماً، انتهت معاينة آخر المرضى، دعاني إلى غرفته وطلب منّي أن أجري فيها بعض التنظيفات، وسلّمني مفتاح العيادة قائلاً لي أن أحضر دوام بعد الظهر، حتّى وإن لم يحضر، وألا أغادر أبداً قبل السابعة مساء. يستدرك قائلاً:

ـ إذا لم أحضر، وراجعنا أحد المرضى، وكانت معاينته ضروريّة، رقم هاتفي في البطاقة الإعلانيّة، يمكنك الاتّصال بي، وسأحضر حالاً، بيتي ليس بعيداً من هنا.

ـ حاضر! قلتها له، وكلامه لي وسلوكه يعزّزان ثقتي به، واطمئناني بأنّي في مكان أمين.

قمت بتنظيف العيادة كما أوصاني، ورأيت أن أقضي الوقت في العيادة خلال الفترة القصيرة التي تفصل بين دوامنا قبل وبعد الظهر. رأيت أن أذهب إلى مطعم قريب كنت قد مررت بجانبه صباح هذا اليوم، ورائحة الفلافل الشهيّة تعبق في المكان، اشتريت منه رغيفاً وخمسة أقراص فلافل، أكرمني صاحبه وأضاف لي قرصاً، ودعم المقبّلات التي كان قد وضعها مع الأقراص، يبدو أنّه رآني أشتري منه لأوّل مرّة، فاعتبرني مكسباً لمطعمه كزبون جديد. نقدته الثمن الذي طلبه، وعدت إلى العيادة.

تناولت غدائي، الذي لا يختلف عن كثيرين من أمثالي ممّن رأيتهم ينتظرون دورهم بشراء السندويش، أو كما أنا اشتريت أقراصاً بعد القلي المتناوب بين وجبة وأخرى.

***

لم يحضر الطبيب إلى العيادة بعد الظهر، ولم يراجعني أحد. دخلت عليّ وداد السكرتيرة جارتي، هي الأخرى لم يحضر أيّ مريض أو مراجع إلى العيادة التي تعمل بها. سلّمت عليّ، دعوتها للجلوس، تعارفنا وتشعّبت أحاديثنا، ولم تختلف بمضمونها كثيراً عن بعض. قالت لي:

ـ إن شاء الله يكون حظّك طيب، وما يسافر طبيبك، زوجته سبقته إلى ألمانيا، وهو ينتظر خبراً منها.

صباح اليوم التالي، أفتح العيادة، وتحضر مريضة واحدة، لم يرافقها أحد، وفي هذه الحال يجب أن أكون معها أثناء معاينتها، يأتي الطبيب، يجري الفحوصات اللازمة لها، وأنا أقدّم له ما يحتاجه

من أدوات. بعد أن ينتهي، وتخرج المريضة بقليل يرن هاتف الطبيب، يجري الاتّصال التالي بين صوت نسائيّ وبينه:

ـ ألو، الدكتور سمير معي؟

ـ نعم.

ـ أنا أكلّمك من بيروت، عليك الحضور بأسرع ما يمكن للضرورة القصوى.

ـ خيراً؟!

ـ الموضوع لا أستطيع أن أقوله تليفونيّاً، ولا يحلّ إلاّ بحضورك، الرجاء أن تأتي على وجه السرعة، وحين تصل بيروت اتّصل على رقمي هذا، أكرّر رجائي لك أن تحضر.

كنت أسمع هذا الاتّصال، وأنظر إلى وجه الطبيب كيف تغيّر بين لحظة وأخرى، وبدا متوتّراً بعض الشيء.

راح ينظر إليّ، وكأنّه يريد أن يسألني عمّا أخمّنه منه، قال لي دون أن أسأله شيئاً:

ـ يبدو أنّ الموضوع يتعلّق بأخي وهب، فهو يعمل في بيروت، ولا تريد المرأة التي اتّصلت بي أن تشغل بالي، فلم تصرّح بشيء، لعلّه خير. بعد لحظات من صمته، وهو يفكّر، قال:

- على كلّ حال، إذا لم آتي إلى العيادة غداً، أكون قد سافرت.

ـ ماذا أقول للمراجعين في غيابك؟

ـ أيّ كلام يقنعهم بأنّ غيابي لن يطول.

يودّعني ويغادر العيادة.

***

فتحتُ العيادة في غياب الطبيب سمير كما أوصاني، وعاد من سفرته في اليوم التالي كما علمت منه فيما بعد. طلب منّي أن أرافقه إلى منزله، قال لي: «أعتبرك يا فرح واحدة منّا، أرجو ألاّ تخيّبي ظنّي، فليس لديّ أحد في المنزل أعتمد عليه لضيافة أقاربي». لم أخيّب ظنّه وذهبت معه، ونظراً لأنّي لا أعرف أين أدوات الضيافة دلّني عليها، وعلى كيفيّة استعمال بعضها، ودعا أقرب المقرّبين إليه إلى اجتماع عاجل في بيته. حضرت الاجتماع لا لأشارك به، بل لألبّي طلبات ضيافته لهم نظراً لغياب زوجته المسافرة كمهاجرة، وعرفت كلّ تفاصيل ما جرى. أخبرهم قصّة المرأة التي اتّصلت معه من بيروت، بشأن أخيه وابنتها، وحملها منه منذ ثلاثة شهور، وأنّ والد البنت وإخوتها لايزالون يجهلون وقوع هذه المصيبة، وأنّها استنجدت بأخيه الدكتور سمير ليجد حلاًّ لهذه المشكلة، التي تتعلّق بالعرض، والتي تحدث بسببها جرائم إذا تفشّت، ولم تُحلّ بهدوء وبالسرّ. وضع الدكتور سمير كلّ ذلك أمامهم بصدق ودون مخاتلة ومواربة، وحمّلهم مسؤوليّة هذا الحدث العائليّ، وطلب منهم أن يتصرّفوا بما يلفلف هذه المشكلة دون أن تترك أيّ أثر سلبيّ على أحد.

أخبرهم أيضاً أنّه اتّصل بأخيه وهب مراراً، ووجد هاتفه مغلقاً، لكنّ أمّ البنت أخبرته بأنّهم يعرفون أين يقيم وأين يعمل، فلا خوف من عدم اللقاء به هناك.

كبير العائلة وقف وطلب من الجميع الهدوء، بعد أن طرح بعضهم حلولاً لم تكن مجدية، وأحدهم ممّن -على ما يبدو- يضمر

الكراهية للدكتور سمير حاول التشويش، فأسكته هذا الرجل بشكل حاسم وقال:

ـ الحلّ عندي، أنا وأخي نرافق الدكتور سمير اليوم إلى بيروت، ونخطب البنت الحامل لأخيه وهب، ونحاول أن نزفّها بأقصى ما نستطيع من السرعة حفاظاً على كرامة أهلها، وعلى كرامتنا، وعلى سمعتهم وسمعتنا.

قاطعه الشاب المشوّش مشكّكاً:

ـ وإذا لم يوافقوا على تزويج وهب؟!

ـ يبقى لكلّ حادث حديث. ثمّ يخاطبه بحدّة: يمكنك أن تنسى دعوة الدكتور سمير لك لتساهم بحلّ مشكلة تتناول كرامتك وكرامة عائلتك. لا تنسى أنّ القانون أيضاً، سيكون لتنفيذه بعض الأثر علينا، كذلك الشرع الذي يطلب منّا التستّر على مثل هذه المعصية؛ ولكلّ ذلك أطلب منك أن ترافقنا إلى بيروت، وسندعك تتكلّم باسم عائلتنا هناك. أسمعت ما أقول؟

كنت أسمع كلّ كلمة، وأعجبني رأي كبير العائلة. حضر الدكتور سمير إلى المطبخ، شكرني وطلب منّي المغادرة، وحمل صينيّة القهوة، وعاد بها إلى صالون المَضيف. عدتُ في طريق فرعيّ لم أمشي فيه من قبل، وأنا أفكّر بما قد يحدث معهم في بيروت، ولماذا تصل العلاقات بين شابّ وفتاة إلى هذه الدرجة من انعدام المسؤوليّة، وحساب النتائج التي قد تنجم بسببها؟!

لم يمنعني انشغال تفكيري بتلك الحادثة، عن قراءة اللافتات والإعلانات المختلفة، وأنا أتأكد من أنّني أسلك الطريق الصحيح إلى مسكني، ويأخذ تفكيري مساراً آخر بالنسبة لمستقبلي،

وأتساءل لماذا لا أتعلّم مهنة ثابتة من أجل مستقبلي بدلاً من عمل مستقبلي فيه كمن يزرع على صخرة؟ صرت أنتبه للإعلانات المعروضة في واجهات المحلاّت، أو حتّى على الجدران. شاهدت بعض عروض العمل، في محلاّت تجاريّة مختلفة للعمل بنصف دوام، أو بدوام كامل، في الوقت الذي توقّفت فيه بأن أتعلّم مهنة أعيش منها لا ينقطع مردها عنّي، وتقيني من التنقّل بين أعمال تفرضها الظروف عليّ دون رغبتي، ودون إرادتي، ويكون مستقبلي على كفّ عفريت.

قرّرت أن أصارح الدكتور سامر برغبتي هذه، حين يعود من بيروت، وأعتقد أنّه سيكون مسروراً منّي. بعد شعوري أنّه إنسان خلوق ومتفهّم، عدا عن أنّه سيلتحق بزوجته المسافرة طال الوقت أم قصر، وعدا عن أنّه حالياً «مكركب» بسبب مشكلة أخيه وهب

في اليوم التالي عدت بشكل تلقائي من الطريق ذاته بسبب وفرة الإعلانات عن أعمال، ودورات مهنيّة، وغيرها.

لفت نظري إعلان ممهور بصورة فتاة في كامل الأناقة لتدريب فتيات فوق باب صالون نسائيّ للتجميل. أثارتني فكرة أن أتعلّم هذه المهنة خاصّة لأنّها لشريحة النساء، وعالمهنّ الذي يتّسم بالحيويّة وحبّ الحياة، وهي مهنة سمعت عنها الكثير، وعن أنّها تفتح باباً للتعارف على نساء المجتمع، والتعرّف على مجالات كثيرة للعمل تمنحها المهنة لمن يجتهد بها، ولا يقف في التعلّم عند نقطة واحدة. قلت في سرّي سأستفسر عن حيثيّات هذه الدورة، دخلت غرفة المديرة مباشرة، سألتها ما المطلوب منّي للتسجيل فيها، ومتى ستبدأ الدورة، حتّى أكون على بيّنة من أمري،

قبل أن أطلب من الدكتور سمير أن أترك العمل لديه، قالت بأنّ الدورة ستبدأ بعد أسبوع، وهي ليست مجانيّة. القسط الشهري بألفي ليرة سوريّة، كنت أعتقد أنّها مجانيّة. عرضت عليها أن تقبل تسجيلي بها، وتعهّدت لها بأن أسدّد ما يترتّب عليّ من عملي فيما بعد، لقاء تعليمي بعد انتهاء الدورة، وإتقاني العمل لأنّ ظروفي الماديّة صعبة، ولا تمكنّني من أن أدفع أيّ قرش في الوقت الحاضر. ابتسمت لي وقالت: لا بأس. رحّبت بي، وأعتقد أنّها لمست صدق قولي لها، وأجابتني بأنّها ستقدّر ظروفي، وتوافق على طلبي، فطلبت منها التريّث بتسجيلي إلى وقت آخر قريب.

يعود الدكتور سمير وصحبه من بيروت، ينجح مسعاهم في خطوبة البنت لأخيه وهب على أمل أن يزفّوها له خلال الأسبوع القادم. عرفت من الدكتور أنّ أمّ البنت ساعدت كثيراً بتيسير الأمور، وأنّه سيساعد وهب على الاستمرار بعمله في بيروت بعد زفافه، لتكون عروسه قريبة من ذويها، الذين لا يعرفون قصّة ابنتهم عدا الأمّ، التي تعاملت مع موضوع ابنتها الحامل بهدوء، ودون «شوشرة»، وبفضل وعيها تمّت الأمور بسلام. هنّأته بخطوبة أخيه، وتمنّيت له أن يتمّ فرحهم بزفافه على خير، وفي ذروة فرحه بما توصّلوا إليه بشأن موضوع أخيه الشائك، أبلغته بأنّي سأترك العمل لديه، ورجوته أن يقبل طلبي بعد أن وجدت فرصة أخرى لتأمين مستقبلي؛ فوافق ليثبت لي مرة أخرى أنّه إنسان كريم وشهم، يحترم نفسه ومهنته، فهو لم يتردّد بقبول طلبي أبداً، فقد قال لي: «يمكنك التوقّف عن العمل لديّ، في الوقت الذي تشائين، ولن أكون حجر عثرة أمام رغبتك».

***

صباح اليوم التالي قصدت صالون التجميل والتقيت بمديرته رحّبت بي وقالت بأنّها تريد التعرّف عليّ أكثر، لم أسترسل بالكلام، فاكتفيت بأن قلت لها اسمي، وبأنّي أسكن حديثاً قريبة من الصالون، أكدّت عليّ بأن أبدأ من الغد، وهو موعد افتتاح الدورة، التي تبدأ يوميّاً من الساعة الثامنة صباحاً وحتّى الواحدة ظهراً.

شكرت المديرة على تعاطفها معي، ولا أدري لماذا قلت لها: «أعجبني توقيت الدوام لأنّني أستطيع الالتزام به باعتبار أنّي سأخدم في فترة المساء امرأة عجوزاً» أم نادر التي أعطتني عنوانها شهلا. ودّعتها، وغادرت الصالون، على أمل أن ألتحق بالدورة في يوم غد.

رحت أتمشّى. مررت بجانب موقف «مزّة-أوتستراد» وعدت إليه. حينها تذكّرت صديقتي هاجر ولي زمن لم أرها، وخطرت على بالي، فقرّرت فوراً أن أزورها، فقد تكون انتهت من دوامها وعادت إلى المدينة الجامعيّة.

عند الموقف استوقفني شابّ لم أره من قبل أبداً ليتكلّم معي: «يا آنسة، يا آنسة». انتبهت أنّه يتكلّم معي. أجبته مستغربة: «نعم!»: فسألني: «ممكن تساعديني؟»، « لماذا أنا وكلّ من حولك رجال وممكن أن يساعدك أحدهم!». وراح يرجوني أن يأخذ من وقتي لو دقائق، استغربت مع أنّنا في هذه الظروف غير الآمنة لا تستطيع أن تعقد الأمان إلاّ مع قلائل، ولا يمكن أن تثق بأحد إن لم تكن تعرفه من قبل. لكن من نظرات عينيه بدا لي أنّ لديه مشكلة

تحتاج إلى حلّ، وأصبح لديّ فضول لأعلم ما يحتاج:

ـ تفضل ما تحتاج؟ سألته.

ـ لا شكّ أنّكِ ذاهبة إلى المدينة الجامعة، هكذا يبدو عليك!؟ قال لي.

ـ نعم، ماذا تريد؟

ـ أحب أن توصلي هذا المغلّف إلى فتاة، واسمها عليه.

لم أثق حتّى فضّ لي المغلّف الذي يرسله لعلّه كان يخدعني، أو يورّطني بمشكلة أنا بغنى عنها، وقد تكلّفني حياتي. كان في وسطه مغلّف آخر، كانت هي قد بعثته له منذ عام، وانقطعت أخبارها عنه في الرسائل، وفي وسائل التواصل الاجتماعيّ. تمعّنت به جيّداً، حتى قرأت بعض الكلمات منه، وتأكّدت أنّه فعلاً مغلّف خالٍ من أيّ شبهة تثير المخاوف والشكوك.

أخذت المغلّف منه، وقلت له لعلّني أتعرف على هذه الفتاة عن طريق صديقتي. ثم سجّلَ لي رقمها على الغلاف، وأعلمني أنّ رقم جوّاله داخل المغلّف، وتابع قائلاً:

ـ سجّلي رقمي كي تخبريني ما الذي سيحدث معك.

رفضت إعطاءه رقمي، وقلت له:

ـ رقمك داخل المغلف، هي تخبرك ما الذي سيحدث معها.

وصلت المدينة الجامعيّة، كانت تعجّ بالطلبة، والحيويّة مشرقة في وجوههم ترتسم ابتسامات أمل تعطي للحياة شغفها ومحبّتها، والإقبال عليها بأحلام كبيرة يسعى الجميع إلى تحقيقها. كم تمنّيت أن أكون بينهم لأعيش حياتهم المليئة بالفرح. أتذكّر كيف حصلت على شهادتي الدراسيّة للمرحلة الأساسيّة، وحتى

الثانويّة التي سعيت إليها بكلّ جهدي، ونلتها بدراسة حرّة، وبسبب الفوضى التي جعلت الأسئلة تتسرّب أيّام الفحص كم كنت خائفة من أن يُعاد الامتحان، وأخسر سنة من عمري.

***

كانت زيارتي إلى صديقتي هاجر مفاجأة لها، وفرصة لنا نستعيد ماضينا بحلوه ومرّه، وحكايات الفتيات اللواتي نعرفهنّ وذكرياتنا الجميلة والتعيسة؛ ففي أيّام الطفولة هي وحدها كانت تقف معي ضد الأطفال المتنمّرين وتردعهم، ولم تدعني أعود إلى بيتي حين تلمس أنّهم سيلحقون الأذى بي، فتدعوني لأنام عندها أخذنا الحديث، ونسيت موضوع المغلّف، حتّى فتحت حقيبتي لأسحب منها شاحن الجوّال. سحبت المغلف، أشرت لاسم الفتاة المرسل إليها، وسألت هاجر:

ـ هل تعرفين هذا الاسم المدوّن على المغلف؟

نظرت إلى المغلف، وأجابت مستغربة الأمر:

ـ هادية، نعم أعرفها، هي بالوحدة السكنيّة الخامسة، ممّن هذا المغلّف؟

شرحت لها ما حدث معي عند موقف النقل. هاتفت هادية، وأخبرتها بأنّي أحمل لها أمانة، وقلت لها أين أنا، كي تأتي لتأخذها.

هي لم تصدّق أنّ ما أقوله لها عين الحقيقة، كانت هيّابة من أن يكون أحد يستدرجها لغرض خسيس، أو لغاية غير شريفة، أو ليبلوها بمشكلة. أخذت هاجر الهاتف منّي، وأكدت لها أنّ الموضوع ليس مقلباً، بل هو لغاية نبيلة، بعد أن طمأنتها قالت لها

ـ تعالي الآن نحن ننتظرك، تدخل بعد ربع ساعة، وهي في حالة من الارتباك، والوسوسة ممّا ينتظرها!

كانت مفاجأة لها عندما أعطيتها المغلّف. نظرت إليه، قرأت الاسم مباشرة، تنهّدت من أعماقها، وسرعان ما راحت الدموع تنساب على خدّيها دون إرادتها، شكرتني وسجلت رقمي، واسمي «فرح» وقالت بودّ: «اسمك فرح! أفرحتني كثيراً!» ثم اعتذرت بسبب الدراسة، وخرجت وهي تقول: «نتواصل فيما بعد».

استمرت السهرة حتى طلوع الفجر مع هاجر، ليلة كانت من العمر، استغرقت في النوم حتى الساعة الثانية عشرة ظهراً. صحوت، ولم أجد هاجر كانت في دوامها، هجرت المكان وبقت ذكريات السهرة مبعثرة بين جدرانه.

مررت بمطعم يبيع سندويش الفلافل، وكنت جائعة فعلاً. فوجئت أنّ ثمن الساندويشة مرتفع، وما معي من نقود لا يكفي إلاّ ثمن واحدة صغيرة، أعطيت البائع ثمنها، لفّها بسرعة، أكلتها عيوني قبل أن تصل يدي، أخذتها منه والتهمتها وأنا عائدة إلى البيت، وسمعت الكثير من التعليقات البريئة من بعض الفتيان المشاغبين في الطريق، عندنا من العيب أن تأكل فتاة بهذه الطريقة، وأنا بالمقابل لديّ بالفطرة شعور بتحدّي كلّ ما يثير استغراب الآخرين واستهجانهم عندما أرى نفسي فيه بأنّي على حقّ. كنت أبتسم لهم، ولم أشعر بأيّ غضاضة تجاههم، وتجاه تصرّفهم الطفوليّ. لكنّ أحدهم جعلني أتمنّى لو أقف وأشكره؛ فكلامه لم يكن سوقيّاً، كان يغازلني بطريقة عجيبة، وهو يقول لي: «أتمنّى لو كنت السندويشة لتضعيني بين شفاهك لأتذوّق

رحيقك!». لم أسمع مثل هذا الكلام من قبل، أقصر حلم عشته في تلك اللحظات القصيرة. فتىً آخر كان يحمل حقيبة مدرسيّة، قال بحياء وهو يشيح بنظره عنّي: «ألف صحّة يا حلو».

ضحكت ضحكة خفيفة، وأنا أقضم آخر لقمة فيها. صحيح أنّه كلام بريء، ونتيجة تربية صارمة، لكنّه بالمحصّلة كلام شوارعيّ، وتعبير عن كبت هذا الجيل الذي أنا منه، وكأنّهم لم يشاهدوا فتاة بحياتهم، ولم يخطر ببالهم أنّ أحداً في يوم ما سيتحرش بأخواتهم، على أيّ حال تظلّ تصرّفاتهم مع البنات عسلاً أمام التصرّفات الشاذّة عند بعض الكبار.

وصلت البيت، وأنا أتساءل كم المرأة قويّة؛ لكنّها عندما تتعرّض لموقف مزعج ومستفزّ، وتكون فيه مستاءة لا تستطيع الشجار كردّ فعل سلبيّ. أمّا في مثل الموقف الذي تعرّضت له من قبل الفتيان، الأجمل أن تكون الفتاة شبه لا مبالية، ويكفي أن تتابع طريقها بالتي هي أحسن، حتّى تمرّ الأمور بسلام.

مساءً ذهبت إلى بيت العجوز أمّ نادر، وكنت قد اتّفقت معها أن آتيها في وقت آخر حين تستقرّ أموري، وأنام عندها في الأوقات التي تكون فيها متوعكّة الصحّة.

كان لدوامي الصباحيّ في دورة صالون التجميل، ومرافقة العجوز أمّ نادر بقيّة اليوم أثر كبير على تجاوز موضوع مرضي، والتعجيل بشفائي، لأنّ الوهم الذي يحمله المريض أصعب من المرض، وقد يكون قاتلاً.

كنت أشعر أنّني أعيش حياة طبيعيّة، وأنا في هذه الحال، وتخلّصت من الدوّامة التي كانت تقودني إلى اليأس.

ما يحدث أمامي من صور مؤلمة
أحاول أن أمسحها من ذاكرتي
لأعيش الحاضر،
وما يمكن أن أحقّقه،
وأسعى إليه بأقصى طاقتي.

5

في بداية النهار التالي كنت أكثر تفاؤلاً، رحت أهجس بيني وبين نفسي، وأتساءل:

«ألا يكفي أن أعيش في صراع مع ما تفعله الحرب بنا؟ وأعيش صراعاً مع مرضي الخبيث، الذي تسلّل إلى جسدي دون إنذار. فلأبحث عن قوى داخليّة تساعدني كي أنتصر بها على واقعٍ فرضه عليّ القدر. لم يكفني اتّباع دورة مهنيّة، وعمل مسائيّ بخدمة امرأة مسنّة تبعث أحيانا على الكآبة والضجر بصمتها، أو بتداعياتها الفارغة من أيّ معنى. رأيت أن ألجأ إلى الكتاب لأبدّد القلق الذي يتملّكني، والضجيج الداخليّ، بسب ما يدور حولي. كأنّ ذلك كان قراراً أتّخذه لأسير في الطريق الصحيح.

صرت لا أكفّ عن المطالعة والكتابة، وهذا غدا هاجسي الذي لا محيد عنه لأحارب مرضي، وأبوح عن ألم يعاني منه الذين ينتظرون بصيص الضوء، ليروا دروبهم، التي عتّم عليها الظلام ما يزيد عن ثلاثة عشر عاماً، وهي الفترة التي اشتعلت فيها الأحداث المؤلمة في بلدنا، وساد الظلم والشرّ والحقد والفساد، وحتّى الآن

لم تخمد، ولا نرى أيّ بصيص ضوء لذلك في نهاية النفق، ومع ذلك -بالنسبة لي- فإنّي متفائلة بالغد».

لم ينتهِ شريط ذاكرتي ممّا سجّلته الأيّام فيه ما دامت روحي تنبض بالحياة:

«اتّضح لي أنّ كلّ من ينبض قلبه بالمحبّة، وحبّ الحياة، قادر أن يتغلب على الصعاب، وعلى السرطان الذي تغلغل في البلد، والسرطان الذي تغلغل في أجسادنا. مع هذا سنبقى على أمل أن يزول الظلام، وتطلّ تباشير الفجر من جديد، ولا بدّ للهواء أن يُعقّم ممّا اعتراه من فساد، وأن تجفّ دموع الأمّهات، ويفرح الصغار الذين تفتّحت عيونهم على زمن انتزع منهم طفولتهم، وتركهم في قلب الخراب».

ربّما الوحدة التي أعيشها في غرفتي تملأ رأسي ضجيجاً، وقلبي خفقاً لا يهدأ. الأمر الذي جعلني أشبه بطائر في قفص صغير، وُضع فيه قسراً، ولم يكن لي صداقات تسلّيني، فصرت تلقائيّاً أتذكّر محطات من فصول عمري، الذي لم أزل في بدايته:

«أتذكّر الأيّام الحميمة، التي عشتها في بيت أمّ بسام، تلك الأيّام لم أعد ألمسها؛ فعندما كانت نساء الحارة تجتمع حول التنّور، ليساعدن بعضهنّ، منهنّ من تضع الرغيف على الصاج، ومنهنّ من تنزعه بعد نضجه، ومنهنّ من لا تسهو عن تقديم الوقود للتنّور حتّى لا تنطفئ ناره. كان يجمع النسوة رغيف الخبز على المحبّة والطيبة والبساطة، كانت الحكايات الجميلة تبدأ، وهنّ يحضّرن السمن البلديّ ودبس العنب، وإحداهنّ تنزع الأرغفة الساخنة، يقسّمنها، ويدلقن السمن والدبس عليها، والشاطرة تدعكه حتى

يتجانس مع بعضه، ونحن ننتظر الانتهاء من تحضير هذه الأكلة الشهيّة، لالتهامها ساخنة حول التنّور».

هكذا كانت الناس تعيش في محبّة غامرة مثل السمن والدبس. قلت بصوت مهموس، وكأنّني أخاطب الزمن: «كم نحن بحاجة إلى أيّام تأخذ منّا الضجيج المختنق في داخلنا، لنعيش براحة، هذا الزمن أخذ منّا كلّ شيء جميل حتّى براءة الأطفال، الذين نشاهدهم، وهم يلعبون مع بعضهم لعبة الحرب، وهم يحملون بنادق افتراضيّة لإطلاق النار الافتراضيّة على بعضهم تقليداً للكبار، الذين سرقهم العنف إلى صفّه وشروره، وفكّك المجتمع، وخلق بين أفراده فجوات وشروخاً وخلافات لا تنتهي، ومن الصعب أن تعود المياه إلى مجاريها، إلاّ إذا حدثت تغييرات مجتمعيّة إيجابيّة، تسودها المحبّة.

طالما الحبّ كقيمة إنسانيّة عليا، فهو لا يلتزم بكلّ ما يحدث لأنّه الوحيد الذي يستمرّ، ويدوس على الحقد والكراهية ليتماسك الأحبّة، في كلّ زمان ومكان بمعزل عن التمييز بين الأديان والمعتقدات، التي تؤجّج النزاعات، والخلافات بشتّى أشكالها، ونسي الجميع أنّ الخلق إخوة والربّ واحد؛ فحياتنا الواقعيّة تسير بعكس ما يشتهي محبّو الخير والجمال والسلام. يبحث كلّ من أهل اليوم عمّا يدفعهم إلى الغلبة على سواهم، بعضهم يفكّر بالقتل والإجرام، وبعضهم يفكّر باللهاث خلف المال، والحصول عليه بأيّة طريقة كانت، وبعضهم يفكّر بالقوّة التي سادت تفكير العالم، أنت قويّ إذن أنت موجود، وأنت الذي تسيطر وتهيمن، حتّى ولو كانت الشعوب متمكّنة من العلم ولا تستطيع أن تقاوم القنابل

والمتفجّرات والمسيّرات الفتّاكة. فلا صوت بهذه الحال لحملة الأقلام، ولا دور للثقافة والعلم، في مجتمعات لا يعنيها الضعفاء، ولا تعنيها حقوقهم وأرواحهم. مع كلّ ذلك يكون الحبّ هو الأقوى عندما تتحرّر أنفسنا من الحقد والكراهية والعنف والاستغلال.

لم أكن أسهو عمّا أراه بأمّ عيني في بلدنا التي كانت هادئة، وفجأة بدأ الخراب بها، جلّ هذا الخراب بأيدي أبنائها المتخلّفين أصلاً؛ لكنّ الجميل أن نبحث عن الحبّ، الذي كان يبحث عنه عاصم، كان يعيش لحبّ أحلام منذ الصف الأول في الجامعة، تفارقا فجأة ولم يفقد الأمل، وهو يتعذّب في البحث عنها. وهو يعاني ويتعذّب ليصل ويجد ما يبحث عنه، وتشتعل الزغاريد له، في مكان لم يكن في حسابه، وهو يسعى لما كان يبحث عنه.

استوقفتني قصّته، وتستحقّ الاهتمام بها بعد أن تحقّق حلمه بوجود ما كان يبحث عنه، بعد عذاب شديد من أجله، فيما بعد.

أمّا أنا فلا أزال عند عهدي بنفسي بأنّ أحلامي ستتحقّق رغم كلّ العقبات والصعوبات، والمطبّات التي قد تعترضني.

ولا أخفيكم سرّاً بأنّي رأيت نفسي في الحلم أتعافى ولو ببطء من السرطان، وصحّتي أصبحت جيّدة، وأنّني اجتزت الدورة بنجاح، وغير ذلك من أمور أتركها للآتي من الأيّام، ومثل هذه الأحلام قد يتغيّر وجهها، وتتحوّل إلى كوابيس، لا أتمنّاها لي ولا لسواي.

لا أدري كيف تداعى لذاكرتي عاصم. هو الصديق الحميم لي، وكان قد فتح لي قلبه، وراح يحدّثني عن كلّ ما في خاطره دون تحفّظ يوم التقيت به، وكان صريحاً وعفويّاً وصادقاً، وصورته وتعابير وجهه لا تفارقان خيالي، وتتداعى حكايته التي كانت مؤثرة

ومؤلمة، وفيها الكثير من العبر لما مرّ به من عذاب ومتاعب، وحكايتنا الطارئة معاً، وكم نالني من العذاب أيّامها معه، حين حاولت مساعدته في البحث عن الفتاة التي أحبّها حتّى الجنون، وشغلت قلبه الغضّ، وعاطفته الصادقة، ولا تزال ماثلة أمامي بكلّ تفاصيلها. قال لي في أوّل لقاء لنا:

«حين جئت من شمال البلاد إلى هنا ،يقصد مدينة دمشق، قطعت المسافة من شمالها إلى جنوبها، وكان كلّ من استضافوني، كما لو كانوا أهلي: الكرم وحسن الاستقبال، واعتباري واحداً منهم رغم بؤس أوضاعهم المعاشيّة، وضيق ذات اليد والفقر والعوز، وكلّ ما سبّبته الحرب من مآسي. تعرّفت على الصبيّة أحلام زميلتي في الجامعة، لم تكن إنسانة عاديّة بالنسبة لي، تطوّرت علاقتنا فصارت صديقة، تطوّرت أكثر فصارت أقرب إليّ من نفسي، احتلّت قلبي وانتهى الأمر. تصارحنا واتّفقنا على الزواج، وافترقنا على أمل أن نكمل مشوار حياتنا معاً. كان يوم خميس آخر يوم افترقنا في بلدتنا، وذهب كلّ إلى بيته، على أمل أن نلتقي في الجامعة كعادتنا في الأيّام المقبلة».

يتنهّد عاصم ويتابع: جئت صباح الأحد إلى الجامعة، لألتقيها في حديقة الكليّة، لم تحضر في الوقت المحدّد للقاءاتنا، انتظرتها ساعتين من الزمن، وعيوني ترصد كلّ الاتّجاهات في الحديقة، إلى أن يئست من أنّها ستأتي. قصدت بعض زملائي، الذين يعرفونها، أجابوا جميعهم أنّهم لم يشاهدوها في ذاك النهار، وأنّهم لا يعلمون عنها شيئاً. يومها لم أحضر الدروس، تشتّتت أفكاري كليّاً، عدت إلى البلدة لأسأل عنها، علمت فور وصولي أنّ الحيّ الذي

يسكنه أهلها قد تدمّر، وقُتل من قُتل، أمّا من بقي حيّاً، فمنهم من بقي في بيته، ومثل هؤلاء فهم عجزة وأطفال وأمّهاتهم.

قرّرت أن أبحث عن أحلام. كان عليّ أن أواجه ما يعترضني من حواجز، بدأ التحقيق معي عند الحاجز الأوّل، طلبوا منّي بطاقتي الشخصيّة ولم أكن أحملها، كنت دائم الاحتفاظ بهويتي الجامعيّة، وأخاف من فقدان البطاقة الشخصيّة، التي لا يحصل المواطن على بدل ضائع لها إلاّ بشقّ النفس، وألف سين و جيم ولهذا لم أكن أحملها.

الحاجز الأول:

- من هي أحلام التي تبحث عنها. إلى أيّ منظّمة تنتمي؟
- هي زميلتي في الجامعة.
- هل هي قريبتك؟ ألوذ بالصمت، يصفعني مسؤول الحاجز:
- انقلع من وجهي.

يخاف عاصم من أن يُهان أكثر فينسحب، ويرى أن يتسلّل من مكان آخر ويفشل. يرى صديقاً له من الحيّ، ويسأله عن أحلام وأهلها، يجيبه أنّه لا يعرف عنهم شيئاً، فيؤجّل البحث إلى يوم آخر لكنّ عاصم علق بالتحقيق في حاجز آخر لمجموعة مسلحة.

كانت الأسئلة تنهال عليه من أكثر من واحد، عن السبب الذي يدعوه للسؤال عن بنت ليست أخته، ولا تمتّ إليه بأيّة صلة قرابة. وطلبوا منه -بعد أن احتجزوا هويّته الجامعيّة- أن يجد البنت أحلام، وأن يصحبها مع أحد محارمها إليهم، أو سيتعرّض لما لا يرضيه راح يبحث عنها، وبدأ التحقيق معه عند حاجز آخر:

- من هي أحلام ومن أين تعرفها؟ إلى أية منطقة تنتمي؟

وسين وجيم حتّى المساء، تلاشى من التعب والخوف وعاد إلى البيت، وألقى نفسه على فراشه كالقتيل. وفي اليوم التالي قال له أحد معارفه أنّها محتجزة عند إحدى الفصائل المسلّحة. ثم رافقه إلى ذلك المكان. وثق به لكنّه كان عميلاً لهم، وسلّمه إليهم. كان فخّاً له، وهناك بدأوا بتعذيبه، وتشغيليه بحفر الأنفاق ليلاً ونهاراً، لا يرى النور ولا يعلم متى تشرق الشمس ومتى تغيب. بقي فترة طويلة من الزمن، وهو على هذه الحال، لا طعامهم يشبعه، ولا ماؤهم يرويه، يعيش منهكاً مع المرض والأوساخ والغبار، حتّى تدهورت حالته الصحيّة، تبيّن لهم أنّه انتهى، وشارف على الهزال الشديد، وأصبح عاجزاً عن المشي. وضعوه في البريّة تحت أشعّة الشمس الحارقة، وتركوه وهم يقولون لبعضهم:

«خلّي الوحوش تأكله»

يشعر بجوع شديد.

يسمع نباح كلاب من بعيد، يصغي إلى الجهة التي يسمع منها النباح، يشاهد خيمة من الشعر، راح يتسلّل نحوها، يصلها بعد معاناة، تهجم عليّه الكلاب فتنتبه امرأة وتخرج من الخيمة، وهي تنظر إليه، وتردّ الكلاب عنه، يرفع يديه وهو متلاشٍ من الإرهاق، ومن أشعّة الشمس، وبصعوبة قصوى يصل ظلّ الخيمة ويستلقي على الأرض. اتجهت المرأة نحوه تسأله؟

- ما بك وما الذي أتى بك إلى هنا؟

أجابها بأنّه انقطع في البريّة وضيّع الجهات، ويريد من يوصله إلى بيته على دابّة؛ فهو مريض ومُتعب جدّاً، وسيعطيه ما يريد.

«تكرم يا بنيّ». أجابته، ثم نادت ولدها طلبت منه أن يحضر

أتاناً، يلبّي الولد طلبها، ويحضر الأتان، تساعد عاصم على الركوب، يمشي الولد بجانبه حتى وصل البيت. بقي فترة من الزمن وهو يتعالج حتّى شفي، ثم تابع البحث على أحلام. راح يبحث عنها لدى الدوائر الحكوميّة والسجون، وراحوا يستجوبونه بشأنها؟ عمّن هي، ومن تكون بالنسبة له، وما صلته بها، ومن أين يعرفها، وما الذي يربطنه، بها وإلى أيّة منظّمة ينتمي؟

إجابته لهم لم يكن فيها شيء من مراوغة:

- أنا طالب في الجامعة ولا أنتمي لأيّ تنظيم.

المهمّ أدخلوه السجن دون ذنب، ولم يستجوبه أحد.

يتعرّف على المساجين ومشاكلهم، منهم من كانت عقوبته مخالفة سير، ومنهم بسبب شجار، ومنهم مُعارض سياسيّ، ومنهم مثله لا يعلم ما يدور حوله، كأنّ شيئاً لم يحدث في البلد، وأنّ كلّ شيء بألف خير. يستغرب الأمر ويحدّث نفسه متسائلاً: «البلد يعجّ بالقتل والإجرام والمخدّرات، وكلّ الجرائم البشعة، فأين هؤلاء من ذلك، كأن لا شيء يعنيهم؟!»

بعد فترة يصدر العفو ويحمد لله.

يستمرّ بوحه حول معاناته، «نحن تأثّرنا جرّاء الحرب كثيراً، لكنّها بالمقابل عزّزت المحبّة للأهل والأقارب والأصحاب، ومحبّة أصحاب الأيادي البيضاء، الذين ساعدوا بأقصى ما يستطيعون فئة كبيرة ممّن خسروا ممتلكاتهم، وباتوا في العراء. أعرف الكثيرين من هؤلاء، فئة كبيرة لم يكن همّها الحصول على المال بطرق ملتوية، كالذين كانت الحرب نعمة لهم وعليهم، فازدادوا غنًى وثراء».

***

6

كان همّ عاصم الوحيد أن يعثر على أحلام، أو أيٍّ من أهلها أو معارفهم. يزداد حبّه وشغفه لها، ذلك كان يدفعه كي يتعذّب كلّ هذا العذاب من أجلها لأنها تستحقّ كلّ شيء، حتّى لو يفتديها بروحه.

خلال رحلة البحث عنها يلمس الكثير من الحقائق عن أفكار البشر وسلوكهم وطباعهم، وعرف الصالح من الطالح، وصار بإمكانه التمييز بين هذا وذاك ببساطة.

رأى أنّ الكثيرين منهم أعداء حتّى لأنفسهم، لطالما لا يشعرون بآلام غيرهم من أبناء جلدتهم، لأنّهم ينظرون للأمور بأنانيّة مقيتة، من زاوية مصالحهم الخاصّة، وهؤلاء كانوا بغالبيّتهم من فئة المتاجرين بأحوال الناس، وحاجاتهم الضروريّة، من غذاء ودواء وسكن، وغلب على سلوكهم الجشع، ويحسّ المرء الذي يتعامل معهم بأنّهم ما خُلقوا إلاّ للافتراس كوحوش الغابة. كما ظهرت له حقيقة الباحثين عن الخير لأنفسهم وللناس.

كان لا بدّ أن يجد أحلام من خلالهم لطالما هناك بينهم من لا تزال المحبّة بوصلته، وعنوان حياته وإيمانه، وتوصّل إلى خلاصة أنّ الناس معادن، الذهب يبقى محافظاً على قيمته، على عكس المعادن الرخيصة كالتنك، الذي مصيره الصدأ والاهتراء.

كان عاصم، وهو يخبرني عن عذابه، تدور بي الدنيا وأعود بذاكرتي إلى ما يؤرّقني، ولا يزال هاجسي، ويكرّ شريط ذكرياتي المؤلم، الذي لم ينته بعد، ولا زلت أتعذّب ولكن بطريقة مختلفة، ولن يهدأ لي بال إلاّ إذا وجدت أمّي؛ ومع كلّ القهر الذي يغلي في داخلي ابتسمت وقلت له: «أنا سأحاول أن أساعدك في البحث عن أحلام، لي معارفي من هنا وهناك في بيوت كثيرة عرفتها من خلال عملي فيها، فهم كانوا دائماً يمدّون يد العون للوافدين المهجّرين».

ذلك بعدما أخبرني عاصم عن أحلام ومن أيّة منطقة هي، واسمها الكامل، ووصف لي تقاسيم وجهها ولون شعرها وطولها ولون بشرتها حتى بسمتها، يذكر لي أيضاً حتّى فروق أسنانها المتباعدة قليلاً عن بعضها. وهو يفنّد لي أوصافها، يضيف بأنّ من العلامات الفارقة في وجهها شامة في خدّها الأيمن، ويسترسل بوصف كلّ حركة بها تذكّره بحدث ما، حتّى حركة يدها ورشاقتها التي تزيده شغفاً، يتكلّم عنها وعيونه تزداد بريقاً من شدّة الشوق إليها.

وبالنسبة لي مرّت أيام كانت قاسية عليّ وطويلة، وأنا أتقصّى أخبار أحلام، ولم يفدني أحد بشيء عنها، ولا أحد يعرفها، إلى أن أتى يوم كنت قد أُرسلت من قبل أحد البيوت، التي كنت أخدم بها

كي أنقل طعاماً للوافدين إلى مركز إيواء، ومعي عدد من العاملات. بعد أن وضعنا الطعام المغلّف في سيارة نقل، واتّجهنا إلى ذاك المركز استُقبلنا من قبل المهجّرين الوافدين، ووجّهوا الشكر لنا ولكلّ من ساهم بهذه المبادرة، مع كلّ ما في داخلهم من حزن، ومن المأساة التي أوصلتهم إلى هذه الحالة الكارثيّة تاركين كلّ ما يملكون خلفهم، فقط نجوا بأرواحهم.

وضعوا الطعام ثم راحوا يتفقّدون بعضهم، وينادون لمن لم يكن بينهم، كان اسم أحلام من بين أسماء الذين تغيّبوا عن الطعام، أجابت إحداهنّ بأنّهم ذهبوا ليجلبوا ماء الشرب، وسيعودون بعد قليل، لكنّها تأخّرت. وأنا هاجسي بحكاية عاصم لم تنته، ومستمرّة في البال أينما ذهبت.

كانت في المركز أجنحة أخرى مكتظّة بالمهجّرين، رحت أتقصّى بعض الأخبار بالسؤال عنها، وأنا أتلفّت هنا وهناك بعدما رأيت زاوية في المركز كان قد ذكرها لي عاصم، في معرض توصيفه لحالة أحلام حسبما سمع من أحدهم. كما أنّ مخيّلتي كانت في عزّ صحوها، ولم تنسَ عاصم وهو في ذروة الشغف والشوق لأحلام وهو يتحدّث لي عنها. فبينما كان الوافدون ما زالوا ينتظرون حتّى يأتيهم الماء، ليتناولوا الطعام معاً. وأنا أترقّب أحلام التي وصفها لي عاصم، هل ستكون بينهم؟

ومن بعيد كانت تشدّني الصفات، التي رسخها في مخيّلتي عنها بتوصيفه لها بكلامه الشجيّ. قد تكون هي التي كانت تحمل «جولكان» ماء على كتفها، قلت في سرّي، لأنّها لم تكن هيئتها واضحة لي حتّى اقتربت.

يغمرني سرور لا أستطيع تفسيره، لأنّه شبيه فرحة الفقير الذي يعثر على كنز، أو شعور الأمّ التي تجد طفلتها الضائعة، أو الأب الذي يعيدون له ابنه المخطوف. وضعتْ «جولكان» الماء عن كتفها على الأرض، والتحقت بالطعام مع من كان يرافقها. وعيني تراقب أحلام، وتتمعّن بها، كانت تحمل كلّ الصفات التي أخبرني إيّاها عاصم. راحت تتحدّث مع من يجاورها، وشعرها يلوح عند كلّ حركة من رأسها، أو حين تومىء بيدها. اقتربت منها أكثر، سمعت ضحكتها الساحرة، وفروق أسنانها الناصعة، ورأيت العلامة الفارقة الشامة على خدّها.

تقرّبت منها بعدما انتهت من تناول طعامها، عرفّتها على نفسي، وتعرّفت عليها أكثر بعد أن ارتاحت لي وفتحت لي صدرها، وراحت تبوح لي عن مكنونه ممّا يختزنه من ذكريات تتمنّى لو تنساها، من شدّة الآلام التي تعتلج حين ينبشها التذكّر، في بعض حالات ترغمها على استحضارها. أخبرتني أنّها حزينة جدّاً بعدما حلّ الدمار ببيتهم، ونجت بأعجوبة مع أخيها، وبقيا فترة طويلة تحت المعالجة الطبيّة حتّى شفيا؛ ثمّ ذكرت لها اسم عاصم بشكل عرضيّ، حينها أثبتت لي أنّها أحلام التي يبحث عنها هذا الشابّ.

تحقّقت الألفة والوداد بيني وبينها لدرجة شعرت بها أنّ المحبّة هي التي رسمت طريقها بيني وبينها. ودّعتها بعد أن أعلمتها أنّي في يوم غد سأعود اليها، مع أحلى مفاجأة. نظرت لي مستغربة، وشردت مع كلامي لها عن المفاجأة الموعودة، ثم قالت لي بصيغة سؤال وشكّ وحيرة: ما هي المفاجأة وأنت تشاهديني لأوّل مرّة؟! إنّك تزرعين بي الشكّ إذا لم تخبريني.

أجبتها وأنا أبتسم لها ابتسامة مطمئنة:

ـ ليس الآن، بل في يوم الغد، وبنفس الموعد إن شاء الله.

ودّعتها بقبلة في الهواء، وخرجت وأنا ما زلت أنظر إلى الوراء وأتمعّن بأحلام، التي أحببتها من كلّ قلبي، لما فيها من طيب وبراءة وجمال أنثويّ داخليّ يجعل الآخرين يحبّونها دونما سبب، وهي ثابتة في مكانها كأنّما تسأل نفسها: «ما المفاجأة، وما قصّة هذه المفاجأة؟»

لم يعد لديّ صبر بعد أن حظيت بلقاء أحلام، والحديث معها ومعرفتها عن كثب، لنقل ذلك إلى المسكين عاصم، الذي يلوب للعثور عليها بعد أن ضاعت منه، وتلهّفه لها. وجدت نفسي أهتف له، قبل أن أصل بيتي، وبعد السلام عليه سألته، وأنا أتصنّع البرود, «هل من أخبار جديدة عن أحلام؟».

تنهد من صميم قلبه، وهو يجيب:

ـ لا علم ولا خبر. يئست يا فرح من البحث عن أحلام، وأحلامي تصحّرت، وصحّتي تتدهور بسبب قلقي عليها.

ـ لا يا عاصم، الأمل لا ينتهي ما دمنا على قيد الحياة. لو تعرف كم مضى عليّ، وكم أتعذّب، وأنا أبحث، وعمّا أبحث مثلك، ماذا كنت ستقول؟!

ـ هل فقدتي أحداً ما مثلي؟

ـ القصّة طويلة؛ فيما بعد أخبرك، أمّا الآن أطلب منك طلباً أرجو ألاّ تستغربه وألاّ ترفضه، في يوم غد عند الساعة الثانية بعد الظهر سنذهب معاً، وعندي مفاجأة لك، أرجو ألاّ تسألني عمّا تكون، لكنّها بالتأكيد ستفرحك!؟

ـ أنت تمزحين، أنت تعلمين جيّداً أن لا شيء يفرحني إلاّ اللقاء بأحلام!

ـ أنا لا أمزح، لكن من الضروريّ أن تذهب معي.

ـ لا مزاج لي بمجادلتك الآن، لكن أعدك أن نلتقي يوم غد، وأذهب معك إلى حيث تشائين.

وصلت البيت متعبة، ومنهمكة بما زرعته في رأسيّ أحلام وعاصم من أمل بتحقيق مفاجأة لهما، وكلّ منهما راح يفكّر ماذا يخبّئ له الغد. لكن عاصم لم ينتظر للغد. هاتفي يرنّ في وقت مبكّر، ويوقظني من نومي:

ـ ألو فرح، لم أستطع النوم هذه الليلة، وأنا أفكّر بما ستكون مفاجأتك لي، هاجسي أن أعلم ما هي المفاجأة، وما يخبّئ الغد!

وأقفلت المكالمة على لا شيء.

قلت في داخلي: «يكفي انشغال بال عاصم، وجرّه إلى هواجس تتعبه، وأفكار قد تتعلّق بما يسبّب له الألم. فكّرت أن أتّصل به، وأخبره بأنّ المفاجأة هي اللقاء بأحلام. أخذ تفكيري وقتاً لا بأس به، ولم أصل إلى رأيي هذا لأتّصل به، فتحت اتّصالاً به»:

ـ ألو عاصم، المفاجأة دعوة على اللقاء بأحلام، قلتُ ممازحة، وقد يتكلّل هذا اللقاء بدعوة على الغداء في مكان تختارهٍ، وأنتِ من يدفع الفاتورة.

ضحك وقال لي: «إلى اللقاء».

غفوت من جديد لأصحو على قرع الباب قبل الوقت المحدّد جلس في شرفة البيت، التي تطلّ على عشوائيّات من مساكن حديثة، ريثما أجهّز نفسي وأعدّ القهوة.

خرجت وأنا أحمل القهوة إلى الشرفة، وعاصم كان منسجماً مع حركة الحيّ الشعبيّ الصاخب الذي أسكنه، يدهشه السائرون إلى غاياتهم، وبعضهم كالسكارى من التعب والهموم، واختلاط الأصوات المختلفة، ويغلب عليها صوت باعة البسطات على تنوّع بضائعهم، وغالبيّتهم من باعة الخضار الطازجة، وقلّة منهم رفعوا فوق رؤوسهم مظلاّت صنعت معظمها من أكياس خيش، أو أكياس الكتّان السميكة، التي تأتي بها مساعدات الصليب الأحمر للمهجّرين، أو لسواهم ممّن نزحوا من بيوتهم الواقعة في أماكن غير آمنة.

يغلب على الطبيعة سكونها مع ارتفاع درجة الحرارة، وهو الوقت المناسب لقيلولة، واسترخاء العاطلين عن العمل.

كان عاصم يحتسي قهوته على مهل دون أن يتحدّث معي بشيء، فقط أبدى لي إعجابه ببيت مزارع بدا لنا من مدى رؤية قريبة نسبيّاً، وبحمار وحصان يأكلان في العراء من معلف واحد، ولا عمل لهما إلاّ كشّ الذباب، الذي يصل تحويمه إلى الشرفة ليزعجنا، ويجعل يدي ويد عاصم لا تكفّان عن إبعاده عنّا أيضاً. يصل إلينا من بعيد صوت أهزوجة وعزف ناي وإيقاع دبكة شعبيّة، وحالة الفرح تتصاعد، يبدو أنّه عرس حسبما كان تقديرنا ممّا كنّا نسمع من أغنيات وزغاريد و«شوباش»، وسرقنا هذا الفرح للإصغاء إليه بكلّ أحاسيسنا. حان وقت الخروج، ولم نكن قد استكملنا احتساء قهوتنا، قلت له: آن وقت خروجنا، أكمل قهوتك.

سبقته ذبابة إلى فنجانه وسقطت تسبح فيه، نظرت إلى فنجاني الذي لم أرشف منه بعد، كان خالياً من الذباب، فضيّفته

إياه. بعد أن شربه حتّى الثمالة كما يُقال، راح يتفّ ويتقيّأ، كان الذباب مترسّب في الثمالة بكعب الفنجان!

بعد أن ناولته الماء، وارتاح قليلاً قال لي:

ـ «ها هي أوّل مفاجأة. الربّ يستر من مفاجأة أخرى!»

ليس لي غير أن أضحك، وأقول له ممازحة:

ـ «هذا هو حظّك، أنا لا دخل لي به».

ثم خرجنا معاً إلى مركز الإيواء.

كانت أحلام تنتظر في المكان الذي ودّعتها به.

تخيّلوا معي اللحظات التي التقينا بها، كاد قلب عاصم أن يقفز من بين أضلعه ليعانقها، وقفا مشدوهين قبالة بعضهما، وانفجرنا بالبكاء، كان بكاؤهما مطهّراً لعذاب لم يُستطع التعبير عنه بالكلام. فجأة رأيت أحلام تلاشت من يد عاصم وغابت عن الوعي، سارعتُ وحضنتها وسندتها بكلتا يديّ، وأجلستها على كرسيّ كانت خلفها وركض عاصم ليحضر لها الماء. بعد قليل صحت من غيبوبتها، التي لم تكن في حساباتنا، يبدو أنّ للفرح المفاجئ أثمانه الباهظة. شربتْ رشفة من الماء، وأنا رحت أمسح لها وجهها بمحرمة ورقيّة، وهي تبتسم والدموع تغسل خدّيها المتورّدين.

حكاية لقائهما في تلك اللحظة كأنّها لم تكن في الواقع، ولم تكن حقيقة، وقد لا يصدّق حدوثها عقل.

بعد هدوء العاصفة التي شكّلها هذا اللقاء سألت عاصماً:

ـ إلى أيّ مطعم ستذهب بنا إلى الغداء؟

ـ هي بنا إلى أفخم مطعم. أجاب، وأشار بيده إلى المسير.

أحلام قالت:

ـ انتظرا لحظة حتّى أنادي لأخي محمود كي يذهب معنا.

ـ لن يكون هذا مجرّد غداء فقط، إنّما سيكون فيه مفاجأة لم تخطر على بال أحد.

يحضر محمود ويتمّ التعريف به، وذهبنا معاً إلى مطعم قريب، وهناك استأذن عاصم من محمود ومنّي ليذهب هو وأحلام بمشوار إلى السوق دون أن يذكر السبب. لم يغيبا عنّا كثيراً حتى عادا وهما في ذروة سرورهما، ويد عاصم تحمل علبة حلويّات، ويد أحلام تحمل بالإضافة لحقيبتها هديّة شفّافة الغلاف تظهر منها شرائط ملوّنة، ومزيّنة بورود تلفت الانتباه.

لم يحرّك عاصم ساكناً حتّى انتهينا من تناول الطعام.

كشف غطاء علبة الحلوى، وقال لنا:

ـ افتحوا أيديكم كي نقرأ الفاتحة!

تفاجأ محمود بما يقوله عاصم:

ـ سأخبركم بأنّي متفّق مع أحلام، كي نعمل لكم مفاجأة كخطوة أولى لعلاقتنا، التي نأمل أن نكلّلها بزواج رسميّ، فأحضرنا المحابس.

باركنا للعروسين بعدما لبسا المحابس، وفرحنا لفرحهما بعد ما لقيا من عناء، وأنّ أحلام تبادل عاصماً الحبّ، ولن تتخلّى عنه أيّا كانت الظروف. وأكّد العروسان على أنّ حبّهما خالد، وأنّهما سيستمران بالعيش معاً، ولن يفرّقهما إلاّ الموت، ثم دعانا عاصم كي نعود إلى مركز الإيواء ونكمل الفرح بهما هناك تكريماً لكلّ من عاشت معهم أحلام أيّاماً -رغم قسوتها- كانت تسودها المحبّة والألفة والتعاون والغيريّة، والتعاطف الجميل.

وصلنا المركز، وهناك كانت فرحة عاصم لا توصف، وهو يستعدّ لإعلان مسعاه النبيل، والابتسامة والكلام الحلو للجميع لم يفارق شفتيه.

ثم قام بتقديم الحلوى كضيافة لكلّ من فيه بعدما أخبرهم عن خطوبة أحلام له. وكانت الزغاريد سيّدة تلك اللحظات الحميمة، وصداها يتردد في فضاء المركز، ويغطّي دموعاً تختنق حبيسة في عيون يرهقها القهر، وحلّ هذا الفرح المفاجئ، ليقهر ما تراكم فيها من أسى وحرمان وأحزان.

**

خرجتُ من المركز بعد انتهاء هذه الفرحة، التي كان حدوثها من النوادر في عصرنا هذا، وأنا أتمنّى بأن تكون كلّ الوعود صادقة، مهما طال انتظارها، ومهما كانت النتائج، مثل وعد عاصم وأحلام. أتوقّف عند حدث حصل معي مذ زمن قبل أن أصبت بالمرض، عندما كنت أعمل في بيت «أبو أدهم» وله بنت وحيدة مدلّلة اسمها رنين، في ذلك الوقت تعرّفت على شاب بالمصادفة، وكان معجباً بي لدرجة الجنون، يومها كنت أبحث عن الاستقرار وليس لديّ أيّ اهتمام بقصص الحب، فقط كان أملي أن أجد رجلاً يحميني ويسندني ويأويني، ولا ألجأ إلى التنقّل في بيوت الناس كخادمة، الكلّ يستهين بمشاعري، ويعاملني فقط بأنّي أحمل جسداً للعمل والشقاء.

كان نزار هذا يلاحقني، من مكان إلى آخر حتّى يراني، ويحاول إقناعي أن أقبل بأن يكون شريك حياتي.

دخل حياتي من باب هذه العاطفة المثلى لغالبيّة الفتيات، كان يغريني بالوعود، ويثبت لي أنّه مستعدّ لأن يموت من أجلي.

لا أخفي بأنّي تلك الأيّام كنت بسيطة، ومن طبعي الطيب والصدق، ولا أعلم بأنّ بعضهم يعتبرون الطيبة غباء، ومن السهل استغلال مثل هذا الشخص.

في نهاية الأمر وافقت مع نزار بأن يأتي ليتقدّم لطلب يدي من «أبي أدهم» الذي كنت أعمل في داره، باعتبار أنّي لا أهل لي، بالإضافة إلى أنّني أثق به؛ فهو يعلم كلّ تفاصيل حياتي.

أخبرت أهل بيت «أبي أدهم» بذلك، فكانوا من المشجّعين لي بهذا الموضوع، بأن ألتزم برجل يحميني.

كانت المفاجأة عندما قرع الجرس وفتحت له رنين، دخل وابتسامة عريضة علت وجهه عندما شاهدها، وقفتُ مذهولة وذبلت ابتسامتي وبهتت عندما شاهدت نظره المعلّق برنين، وكأن ليس لي وجود.

اجتمع الكلّ حول نزار وأنا جلست مكاني كيتيمة، وأنا يتيمة فعلاً، وصرت أنتظر ليبصّ لي، ولو بنظرة خاطفة. لكن هذه أخذت عقله وكلّ ما كان يوعدني به، وكأني لم أكن موجودة، كما لم يكترث أحد لمشاعري.

أنظر بشكل لا إراديّ إلى ثيابي التي أرتديها، فأجد فرقاً كبيراً بيني وبين رنين، التي تظهر عليها الأبّهة، من حيث اهتمامها بنفسها وأناقتها وزينتها بالذهب والمجوهرات. سألت نفسي: «يا ترى أمن المعقول أنّ مظهرها هو الذي سحره؟» صحوت من شرودي على صوت نزار يتقدّم لطلب يد رنين من أهلها مباشرة!

غاب صوابي، وضاقت أنفاسي واحتبست في حنجرتي، فلا أستطيع أن أتفوّه بكلمة لو احتجت لأعبّر بها عن شيء أريده، ثم خرجت أبحث عن نسمة هواء تنعشني، وتملأ صدري؛ ومن يومها أعترف لنفسي أنّي لا أخلو من العقد النفسيّة تجاه بعض الرجال، وعليّ أن أفعل المستحيل لتجاوزها.

أتذكّر أكثر من خيبة، وأحاول تناسيها، وأملأ وقتي بالقراءة، وبكتابة مذكّراتي، وأنا يقظة تماماً، ولا أنسى ما أنا فيه من مرض.

علمت بنتيجة التحاليل والصور أنّ إصابتي في القولون، ورضيت بقدري.

كنت أشغل وقتي بالمطالعة، ولا أنسى ولو للحظات الآلام التي أعاني منها، وكنت أفرغها على الورق، وعندما أشعر بالتحسّن في صحّتي أمزّق ما كتبته كي أمحو الألم ولا أدعه يسكنني، حتّى على الورق، حتّى ولو التفكير به، وهكذا مع الأيّام تحسّنت.

لدى مراجعتي لطبيب الأورام المختصّ طلب منّي إجراء تحليل مخبري، وكتب لي ما هو المطلوب من قبل المخبر، ثم العودة إليه ليحدّد العلاج المطلوب.

خلال هذه الفترة الزمنيّة، رحت أتنقّل بين صالون السيّدات، وبيت أم ّنادر.

تعرّفت على السيّدات اللواتي يأتين كزبائن، وعلى عاملات الدورة، واطّلعت على العمل، الذي قد يكون صعباً بالنسبة لمرضي، أو يكون سهلاً، وهل سيكون من الممكن أن أتابع هذه المهنة براحة. قالت لي المدرّبة, « في بداية العمل ستكونين متفرّجة، لا مجهود تبذلينه بشيء».

كذلك أمّ نادر؛ فهي تساعد نفسها، ولا يوجد في بيتها ما يتعبني.

بدأت بالدوام والتنقّل ما بين صالون السيدات في الفترة الصباحيّة، وفي المساء أذهب إلى بيت أمّ نادر، وأحياناً أنام في بيتها، ومنه أذهب إلى الدورة، وأستمرّ على هذا المنوال، حتّى حان وقت الذهاب لمراجعة الطبيب ومعي نتيجة التحليل المخبريّ. بعد الاطّلاع عليها قام بتحويلي إلى مشفى البيروني لأخذ الجرعات الكيماوية التي وصفها لي.

وفي المشفى المذكور أخذت الجرعة، وأنا أتأمّل بالشفاء، وأبحث عن القوى الخفيّة في داخلي لتكون عوناً لي في محنتي بهذا المرض.

زرعت الأمل بنفسي، وحاولت أن أتناسى ما حدث، بعدها راح شعري يتساقط، ومن جرعة كيماويّ واحدة تعرّت فروة رأسي من الشعر تماماً. لم تفرق معي إذا أخذت جرعات أو تساقط شعري، كان حلمي أن أشفى من هذا المرض الخبيث.

وضعت الغطاء على رأسي محاولة نسيان ما حدث، كي لا أشاهد منظري في المرآة، وأتنغّص على العيش بسلام، الذي يحلم به كلّ إنسان على وجه الأرض. أقفلت غرفتي على نفسي، ولم أخرج من المنزل الذي أقيم فيه، إلى أن يشاء الله، وأشعر بأنّي مخلوقة طبيعيّة ومتعافية.

في أحد الأيام دخلت عليّ جارتي. قالت لي:

ـ إنّي افتقدتك ولم أشاهدك، أين كنتِ لم أشاهدك منذ أسبوعين؟!

ثم راحت تمازحني وهي تسحب الغطاء عن رأسي.

أمسكتُ بالشال ونزعتُه عن رأسي بتوتّر لم أستطع أن أُخفيه بسبب الصدمة التي تلقّيتها ممّا حدث، وكانت قويّة بالنسبة لي.

أمّا هي فضحكت، وقالت:

- لماذا أنت هكذا حاسرة الرأس؟ هل كنت معتقلة في السجن؟!

أخبرتها ما أصابني.... عن السرطان، ثم عادت للثرثرة، وممّا قالته لي: «بنت فلان أصابها هذا المرض، وأخذت عشرة جرعات، وعاشت قليلاً وتوفيّت!» وتابعت: «وبنت الجيران اللّي توفيّت من كم يوم، كمان كانت مريضة بنفس المرض ووووو..!!!»

انتظرت على مضض لتنتهي من كلامها المسرطن هذا والذي لا يحمل إلاّ المرض، تناولت كوب الماء، شربت دون أن أشعر وألقيته على الأرض بنزق، صحوت من شرودي، على صوت الزجاج الذي يتكسّر.

خرجت من الباب وهي تقول:

- بعدين أكمل لك..

أووه، تريد أن تحكي بعد!

في هذا الوقت لم أتذكّر الصالون ولا أمّ نادر.

***

7

كانت أمّ نادر كلّ مساء تنتظرني على أحرّ من الجمر، ولم أحضر على غير عادتي. أحسّت بضيق شديد، وراحت تكلّم نفسها بما يخطر على بالها عن ذكريات غير مترابطة، وعيناها على صور أولادها المعلّقة في صدر حائط غرفتها الكئيبة كانت تنتقل من ذكرى إلى أخرى، ثم تعود إلى ما بدأت به، ثم تندب أولادها الذين فقدتهم في ظروف الحرب.

حاولت الوقوف بصعوبة دون عكّازها، فلم تستطع، انحنت أيضاً بصعوبة والتقطته. سارت نحو الباب، وعادت إلى كرسيّها، التفتت نحو صور الأولاد، وعادت، وأنا أمام الباب أشاهدها، وأسمع ما تقوله، كلّمتها لم تنتبه لي وصلت إليها ثم عانقتها، وغمرتها كأمّ، وهي تتابع وكأنّي لم أكن، وتتكلّم بصوت مهموس ومحزن، وتحكي لهم عنّي كأنّهم حاضرين، وكيف أخاف عليها، لأنّي لم آتي هذا اليوم. تلمع الدموع في عينيها ثم تنهمر، تمسحها بمحرمة قماشيّة قطنيّة نسلتها من زنّارها، تندب حظّها من هذه الدنيا، تحوّل شكواها إلى الله من الوضع المأساويّ الذي هي فيه، تتمنّى

لو كنت عندها، لتقول لي أنّها تريد أن أغلي لها شراباً ساخناً، وليكن الشاي بنعناع.

دخلت المطبخ، ولبّيت لها رغبتها بمغليّ الشاي بنعناع، وعدت إليها حاملة هذا الطلب، الذي أشعرني بما أنا بحاجة له، وأفتقر إليه من الحنان والمحبّة، حاولت أن أشعرها بوجودي، ومساندتي لها وتعاطفي معها، لعلّها تهدأ وتنسى ما هي فيه من تذكّر أحزان الماضي الذي لن يعود.

على الرغم من وقوفي أمامها، وحضوري الكليّ معها تتخيّلني أقف أمامها، وألاحظ أنّ صحّتها تتدهور شيئاً فشيئاً، وأنا الافتراضيّة المتخيّلة أحاول معها أن تمسك كأس الشاي دون أن تستجيب. تقف على عجز وتتنقّل وهي تتعكّز على العصي، وألحقها بالكأس لتحسّ بوجودي، وتحتسي منها لو رشفة. لم يتعبني ما أحاوله معها، راحت تستجيب للشرب شيئاً فشيئاً، حتى شربت الكأس لآخر نقطة فيه. راحت تتكلم وهي في حالة شرود كيف تعرّفت على المرحوم زوجها، وكيف تزوّجته وهي صغيرة السنّ. قالت:

«توفّيت أمّي وأنا عمري خمس سنوات، واعتنى بي أبي مع أنّه كان شبه كفيف البصر؛ لكن كانت بصيرته أقوى من بصره بأن يكون حذراً مما يدور حوله، بسبب الشقاء الذي مرّ به، وهو يكدّ من أجل متطلّبات البيت، من لقمة العيش واللباس والدواء، وهكذا عشنا في هدوء، وراحة بال مع كلّ صعوبات الحياة التي نعانيها».

تتوقّف أمّ نادر عن الكلام، وتعاتب القدر على ما كان يفعل بهم، ثم تعود لمخاطبتي، وهي تتخيّلني أمامها، ولم تصدّق أنّي فعلاً موجودة، رغم عناقي لها والشدّ على يدها، تضيف:

«وتوقّفت حياتي يا فرح عندما توفي أبي، وأنا صغيرة في العمر، حينها لم يبق لي أحد يسندني ويرعاني، بقيت عندي امرأة عجوز من معارف أبي لا أتذكّر اسمها، نسيت اسمها من زمان يا فرح من شدّة كرهي لها، كرهتها كما لو كانت الشيطان الرجيم، حتّى الآن يكاد يُغمى عليّ حين تمرّ صورة وجهها عندما تخطر ببالي». تتنهّد أمّ نادر تنهيدة طويلة، وتتابع:

« لم يغفُ لي جفن في تلك الليلة التي همست بها في أذني: ما تخافي، سيأتي أخي صباحاً، ويأخذك الى بيته. كنت أبكي لم أكترث لكلامها، ولا أعرف ما تنويه تجاهي.

غفوت صباحاً للحظات من شدّة الأرق والخوف من القادم، وإلاّ بالمرأة العجوز توقظني وهي تقول لي: «أجا أخي ياخذك، فيقي وقومي البسي أحلى ثياب عندك، أخي ينتظر».

أتساءل كيف سأرتدي أحلى ثيابي، ولم تجفّ دموعي على فقد أبي بعد؟ سألت العجوز: لماذا كلّ هذا الاهتمام بي؟ أجابتني، وكأنّ وجهها من عظم، بأنّي سأكون عروساً لأخيها الذي ينتظرنا. هذا ما حدث يا فرح»، قالت لي وتابعت:

«وخالتك أمّ نادر تصرخ الصوت بأثر الصوت: لا أريد أن أتزوّج هذا الرجل الكبير، إنّي أراه كالوحش المفترس.

أمسكني من يدي، وراح يجرّني رغماً عنّي في الطريق، وصوتي يسمعه كلّ أهل الحيّ.

هذا اللي صار يا فرح عشت مع عمّك أبو نادر اثني عشر عاما، ولما توفّي كان عمره خمسة وثمانون عاماً، وأنا في أوّل حياتي بعدما حملت عدّة مرّات ولم يكتمل لتسعة شهور ولا لسبعة

لسبب لم أكن أعرفه، إلى أن آن الأوان، وتوقّفت أخيراً بإنجاب أولادي الثلاثة، يا ليتهم على قيد الحياة، وشوفي كم تعذّبت خالتك أمّ نادر لكبّرت أولادي، وكم ذقت المرار، والآن حياتي أكثر مراراً، وأتمنّى أن أموت من يوم باكر. هاتي لي ميٍّ بدي أشرب، عجّلي يرضى عليكِ يا فرح، ريقي نشف».

في هذه اللحظة تأكدت أنّها صحت من شرودها وأفكارها السوداء، التي كانت سبباً في ضياع ذاكرتها من شدّة قسوتها، وضغطها على بنيتها الضعيفة.

خرجتُ ثم عدت لها بالماء، لاحظت أنّ يد العجوز ترتجف فسقيتها بنفسي، هدأت قليلاً ثم أخذها النوم عميقاً.

وأنا جلست أستمع لصوت الشخير المتناوب عليها، وخروجه من صدرها المثقل بهموم الحياة وشقائها.

كم كانت هذه المعاناة تضغط عليها بين حين وآخر، ولا تفارق أفكارها.

كذلك أنا استرخيت بجانبها لكنّي لم أستطع النوم، وأفكار كثيرة تعيدني إلى أيّام مضت، ومنها ما يقلقني ويأخذني إلى القادم المجهول، من تصوّرات وأخيلة لأحداث أتخيّلها ستقع لي، فيما لو استمرّت حياتي على الوتيرة التي أعيشها، والشيء الملفت والمحيّر كان بأنّ أمّ نادر حين صحت من نومها راحت تبحث عني وتسألني: هل أنت هنا؟!

كنت قد خرجت مسرعة إلى المطبخ لأغلي لها النعناع، وعدت لأسقيها بنفسي، وسكبت لها كأساً وقدّمته لها، وحين همّت لمتابعة حديثها لي قاطعتها عن الكلام وسألتها:

- اللي راح راح يا خالتي أمّ نادر، لكن سأسألك كيف حملتِ عدّة مرّات وأنت تكرهين المرحوم أبو نادر؟

تجيب أم نادر مع تنهيدة تخرج من أعماقها:

- أنا لا أستطيع أن أرفض ما يريده منّي، أو أن أفعل شيئاً يخالفه، هذا الرجل يشبه الحيوان في غريزته. أنصحك أن تبقي كما أنت، لا تحاولي أن تتعرّفي على الرجال يا فرح.

ضحكتُ وأجبتها:

- يا خالة أمّ نادر، لم يبقَ شباب في البلد، من أُنقذ من الموت هاجر، وأصبح الحبّ والزواج حلم كلّ فتاة. اشربي يا خالة قبل أن يبرد الكأس.

ورحت أمازحها من باب التسلية، بعد أن شعرت بأنّها رائقة المزاج: هل تغيّرت طريقة الزواج بين الزواج في أيّامكنّ وهذه الأيّام؟

- الزواج في الوقت الذي تزوّجت فيه غير الوقت الذي تزوّج فيه أولادي، وغير الزواج هذه الأيّام. الآن تختار البنت من تحبّ؛ إلاّ في بعض العائلات المتعصّبة التي لا تسمح إلاّ أن تتزوّج البنت على كيفهم، وبنت العمّ لابن العمّ. بعد لحظات من الصمت بدت العجوز أمّ نادر، وكأنّها تتذكّر شيئاً ما، تلتفت إليّ وتقول معلومات خطرت ببالها للتوّ:

«اسمعيني يا فرح. سأخبرك كيف خطبت لأولادي وكيف زوّجتهم. في أيّام الحرب الأهليّة بلبنان جاء هرباً من الحرب بعض أقاربنا إلى القرية التي كنّا نسكنها، وكان عددهم سبعة أشخاص، رحّبنا بهم وفتحنا لهم بيوتنا وصدورنا وقلوبنا، نأكل على طبق

واحد، ونعاني المعاناة نفسها بسبب ضيق الحال. كان بينهم فتاة جميلة اسمها «منى» أعجب بها ابني الكبير نادر، ولم يخبرنا بذلك، كما أنَّ هذه الفتاة لم يعجبها وضعنا المعيشيّ، ولا فرشنا ولا طعامنا وتنتقدنا على كلّ شاردة وواردة، وتسأل كيف لا نضع طعامنا على طاولة، وكيف نجلس جميعنا حول الطعام الموزّع على مشمّع نايلون على الأرض.

كانت إقامتهم في بيتنا لأربعة أسابيع، وكانت خالتك أمّ نادر تعجن وتخبز كلّ يوم لتؤمّن الطعام لكلّ العائلة، التي أصبح عددها أحد عشر شخصاً، في الوقت الذي كنت أسكن في الريف لا يوجد لدينا ماء ولا كهرباء، ولا أيّ شكل من أشكال الخدمات. كانت خالتك أمّ نادر تنقل الماء من بركة القرية، وتحمل الجرّة على كتفها إلى المنزل، والمسافة ليست قصيرة، كنت أحياناً بسبب طول المسافة أقتعد حجراً مزروعاً على أحد جانبيّ الطريق من التعب. كما كنّا نغسل الثياب بأيدينا؛ مع كلّ هذا الشقاء كنّا نعيش في راحة بال، وهدوء نُحسد عليه. بدا على أمّ نادر التعب، قالت على نحو مفاجئ: في مرّة ثانية ذكّريني إلى أين وصلت بالحكي لأُكمل لكِ، لقد تعبت يا فرح».

انقضت تلك الليلة، وأنا ساهرة فوق رأس أمّ نادر، وقد أعطيتها مسكّناً للصداع، ووضعت لها كمّادات لتخفيف الحرارة التي ألمّت بها، فقضيت تلك الليلة بنوم متقطّع، كما هو الحال بأمّ نادر.

بعد منتصف الليل تقريباً سمعت طرقات خفيفة على الباب الخارجي، ووقع خطوات يبتعد ثم يقترب ثم اختفى، لم أشأ أن أخبر أمّ نادر بما سمعت. كان الخوف قد استبدّ بي، والتساؤلات

عمّن يكون، وما الذي يريده الطارق، في مثل هذا الوقت من الليل جعلتني قلقة وخائفة ومتوتّرة، ولم يهدأ قلبي عن الخفقان. استلقيت وسمعي يصغي بانتباه تامّ لكلّ حركة في الخارج، حتّى لو كانت بعيدة عن البيت، بل وحتّى لو دبيب قطّة كانت تمرّ من على سطحه. لم تشرق الشمس إلاّ وأنا في حالة يرثى لها، وعليّ أن أكون يقظة في يوم جديد في الدورة التي أتّبعها.

صباحاً كان لا بدّ أن ألتحق بالدورة بعد اطمئناني بأنّ وضعها الصحيّ بات مقبولاً.

أمضيت يومي في الدورة كالمعتاد، ولم أشأ أن أبوح للبنات بما عانيته من قلق وأرق، أو الحديث لهنّ عن سبب ذلك، مع أنّ بعضهنّ ذكرن لي بأنّهنّ يشاهدن التعب يتملّك كلّ شيء فيّ.

لم أتردّد بالذهاب إلى منزل أمّ نادر كعادتي أيضاً، كان ذهن أمّ نادر مشوّشاً، راحت -ودون أن تطلب منّي أن أحدّثها عن أيّ شيء- تحكي لي عن ذكرياتها وتخلط أحداثها ببعض، وأنا أصغي لها، ولا أظهر أمامها منزعجة أو متضايقة منها.

ذلك كان حالي؛ مع أنّه لم يغب عن بالي ما حدث في ليلة الأمس، وحدسي بأنّ ما حدث قد يتكرّر هذه الليلة، وظللت على خوف وحسبان وتخيّلات تتراكم في رأسي كلّما مرّ الوقت أكثر.

ينتصف الليل، ويتدرّج في نصفه التالي، وأنا في حالة الانتباه والإصغاء، حتّى إلى ما يُسمع من أصوات بعيدة.

أنظر إلى أمّ نادر التي ثقل نومها، وأنا -من شدّة النعاس والإرهاق- سرقني ملاك النوم غفوت ليدهمني كابوس رهيب فحواه أنّ عصابة ملثّمة قامت بخطفي في عزّ النهار، وأنا عائدة

من الصالون برفقة شاب اسمه جلال، بعد أن كمّمه أحدهم، ولم ينفعه الدفاع عن نفسه بعد أن تمّ تهديده بمسدّس، وعصبوا عينيّ، وفيما يحاول أحدهم إقفال فمي بلاصق بلاستيكيّ شعرت بأنّي أكاد أختنق، وضاق نفسي، فاستفقت مذعورة من هذا الكابوس. أسمع بعد لحظات هدير درّاجة ناريّة، بين بيوت الجوار، ثمّ يسكت الهدير، وأسمع خطوات تقترب نحو دار أمّ نادر، وتقترب أكثر. أسمع طرقات خفيفة كالتي حدثت ليلة الأمس، فلم أحرّك ساكناً، على أمل أن ينصرف الطارق كما انصرف ليلة الأمس؛ وهذا ما حدث فعلاً، لكنّ الخوف نال مني أكثر من الليلة الماضية، وبقيت قلقة ومتوتّرة حتّى الصباح، ولم يهدأ لي بال طول الليل.

لم أستطع الدوام بالدورة في اليوم التالي، وجدت نفسي أنهض من النوم عند الظهر، غسلت وجهي، لم يفلح غسل وجهي بصحوه تماماً، تحمّمت، شعرت بأنّي جائعة، تناولت ممّا تيسّر لي من طعام أحتفظ به، تذكّرت ما حدث لي من خوف في الليلة الماضية.

قبل الغروب ذهبت إلى منزل أمّ نادر، شعرت بحركة غريبة في الحيّ. كان شخصان قد خرجا من أحد المنازل، وسارا خلفي وهما يتحدّثان، ويصفان كيف في ليلة الأمس جاء ملثّمان إلى الحيّ بعد منتصف الليل، ودخلا داراً وسرقا مبلغاً من المال، ومصاغ امرأة بعد أن ضربوا رجلاً مسنّاً حاول مقاومتهما، وهو الآن في المشفى

انعطفا نحو إحدى المباني، وأكملت طريقي إلى بيت أمّ نادر، قضيت ليلتي برفقة أمّ نادر دون خوف.

يطلع الصباح وأقصد الصالون، رحت أحدّث البنات عمّا حدث معي في الليلتين السابقتين، وهنّ يصغين لي بكلّ جوارحهنّ، وحدّثتهنّ بشأن اللصوص وما فعلوا، وعن حكايات العجوز أمّ نادر المشوّشة المؤلمة والمحزنة والتي لا تنتهي.

***

تأتي ليلة جديدة أقضيها مع العجوز أمّ نادر، وكانت عاديّة جدّاً، وضعها الصحيّ جيّد وذاكرتها متوهّجة، استعرضت لي ما جرى في زيارتهم للبنان حين خطبت منى لابنها نادر، ممّا أخبرتني به حول الزيارة:

« بعد أن قرّر ضيوف أمّ نادر العودة إلى لبنان رفضت منى العودة معهم بعد تعلّقها بنادر، وهو ليس أكثر من تعلّق مراهقة بشابّ معجب بها، وقد يكون قد أسمعها كلام الغزل والحبّ؛ فهو أيضاً ذاك المراهق، الذي لا يزال في نهاية المرحلة الثانويّة من الدراسة، وعلى أهبّة التقدّم لامتحانات الثانويّة في العام القادم.

عند إصرار منى على عدم العودة معهم سألتها أمّ نادر يومها: طالما لم تعجبك قريتنا، ولم يعجبك ما نحن فيه، لماذا ترفضين الذهاب مع أهلك؟

إجابتها لم تكن متوقّعة، وتعبّر عن سذاجة واضحة. قالت بأنّ الحمار، الذي كانت تركب عليه يوميّاً وتذهب مع أمّ نادر إلى البريّة، قد أعجبها. أجابتها أم نادر ممازحة:

ـ ألم يعجبك في قرية تعجب أهلها، وتعجب كلّ من زارها إلاّ الحمار؟

استدركت منى بعد أن رأت أمّ نادر تنظر لها كساذجة، وقالت بكلّ براءة:

ـ كذلك أعجبني ابنك نادر.

ضحك الجميع على ما قالته، قالت لهم بثقة:

ـ علام تضحكون؟ أنا لم أقل شيئاً يدعو للضحك، نعم أنا أعجبني الحمار ونادر.

أخيراً أذعنت لهم، وقرّرت أن تعود مع أهلها إلى لبنان.

بعد أن حزموا أمرهم للسفر، التفتت منى إلى نادر الواقف مذهولاً، ونادت له:

ـ تعال واذهب معنا إلى لبنان، لبنان جميل، لو ذهبت معنا فلن تعود إلى هنا أبداً.

لم يجد نادر وسيلة للتواصل مع منى إلاّ المكاتيب الورقيّة، التي كانت تُكتب بصدق ومحبّة وتصل مع تعطير المظروف بورق ورد جوري أو حبق أو ريحان.

تعبيراً عن الشوق والحنين، والأمل باللقاء».

بعد أن عدت من دوامي في الدورة، رأيت أنّي متعبة، فلم أطبخ فاصولياء كما كنت أنوي بعد أن جهّزت عدّة الطبخ كاملة. اكتفيت بتناول ما يتيسّر لدي من «حواضر»، وجدت نفسي بحاجة إلى قيلولة، استلقيت على فراشي، استولى عليّ الأرق بسبب التعب، فسرحت مخيّلتي مع بقيّة حديث العجوز أمّ نادر عن سفرتها لخطبة منى لابنها نادر بعد تخرّجه من الجامعة:

«وهكذا تستمرّ الأيام يا فرح، ويقرّر نادر أن يذهب إلى لبنان ليتقدّم لمنى.

الحقيقة أنا كنت أنهيه عن هذه البنت، مع أنّي أحببتها لعفويّتها وصدقها، وعاطفتها نحو نادر لكن طريقة حياة أهلها وحياتها تختلف عن حياتنا. هم يعيشون برفاهية ونحن أناس نعيش على نيّاتنا وبساطتنا في قرية شبه بدائيّة بخدماتها.

كان نادر متّفّقاً ومتعاهداً ما بينه وبينها أن يتزوّجا.

أما خالتك أمّ نادر كانت تفكّر حائرة ما الهديّة التي سأحملها من قريتها إلى لبنان.

رحت أجهّز ممّا تنتجه القرية من برغل وعدس وحمّص، وممّا صنعته يدي من كشك، وبعض مشتقّات الألبان؛ ثم خطرت على بالي فكرة أن آخذ معي خروفاً كنت أعتني به، وأعلفه ليكون دهنه من مؤونة الشتاء.

كان الخروف أكثر من أن يكون هديّة؛ فسيكون وليمة بمناسبة خطوبة نادر لمنى، وكنت قد جهّزت كميّة من بيض الدجاج، ورحت أفكّر كيف سأحمي البيض من الكسر والطريق طويل، وجدت الحلّ بأن آخذ تبناً كعلف للخروف، وأضع فيه البيض.

قبل شروق الشمس خرجنا من البيت، إلى موقف السيّارة التي ستذهب إلى دمشق أوّلاً كمحطّة أولى، وأنا كانت مهمّتي الرئيسة هي الاهتمام بالخروف، ونادر يسخر منّي كيف آخذ خروفاً من دولة إلى دولة. انطلقنا من القرية، ووصلنا دمشق بالسلامة.

كنت متخوّفة من هرب الخروف المربوط، والقابع في «طبّون» السيّارة الذي تُرك مفتوحاً حتّى لا يختنق، ونحن في الطريق إلى لبنان.

بعد أن وصلنا البلدة التي تسكن بها منى، استقبلنا أهل البيت

بحفاوة، وكان أوّلهم منى التي راحت تقبّلنا وتعانقنا بحرارة وشوق، تمّ ربط الخروف بجذع شجرة صنوبر في ساحة الدار غير المسوّرة. تجمّع عدد من أطفال الحارة الصغار، على ثغائه، وحنينه إلى موطنه الأصليّ وإلى الأغنام التي ابتعد عنها؛ والأطفال في حالة استغراب من هذا الحيوان الأليف، الذي يشاهدونه لأوّل مرّة في بلدتهم

خرجت إحدى النسوة المستقبلات، رأت أن تضع علفاً للخروف، حملت الإناء، وما أن أفرغت قسماً من التبن أمامه، حتّى راحت تندب حظّها بأنّ الكثير من البيض تكسّر، ولوّث التبن الذي لم يعد صالحاً لغذاء الخروف، خرج أهل البيت والضيوف ليشاهدوا هذه الكارثة التي لم تكن في الحسبان.

ومع هذا المشهد، تقدّمت منى مني. وقفت قبالتي تلومني بقولها، وهي تشير إلى الخروف:

- يا خالة أم نادر أنا لا أحبّ الماعز (هي لا تميّز بين الغنم والماعز) يا ليتكَ جلبت معك الحمار، الذي كنت أركبه في سوريا بدل هذا.

ضحكتُ وقلت لها ممازحة ساخرة يومها:

- لا تزعلي يا منى، أحضرت لكَ حبيبك نادر! بعد كلّ هذه السنوات وما زلت بروح طفلة يا منى.

كنّا في ضيافتهم ذلك اليوم، وأعدّوا لنا طعام الغداء المتنوّع الأصناف، ممّا نعرفه ولا نعرفه. وضعوه على طاولة كبيرة، وكراسي من خشب الزان حولها، وقدّموا لكلّ منّا فوطة بيضاء، ليضعها كلّ منّا على حضنه. قلت في سرّي يا فرح: زيارتنا لن تتمّ على خير! نحن في وادِ، وأهلها في وادِ!.

جلست على كرسيّ خلف الطاولة، وأنا أحدّق بنادر، وأذكّره هامسة بما كنت أقول له:

ـ فروق كبيرة بيننا وبينهم يا ابني، لا يمكن أن تقبل منى العيش معنا!

يومئ نادر لي أن أكفّ عن الهمس، ربّما ينتبه لي أحدهم.

أب العروس يبسمل ويدعوهم إلى البدء بتناول الطعام.

الأمّ تغرف التبّولة وتوزّع في الصحون، وخالتك أم نادر تمسك الشوكة محاولة أن تأكل لكّني أخجل وأنا ألملم ما يسقط منّي، ألقيت الشوكة جانباً لأنّي فشلت بطريقة استخدامها.

التفت نحو نادر، وأنا أهزّ برأسي خجلة بعد أن لوّثت ثيابي، ولم يكن في حقيبتي ما أرتديه. نهضت قبل أن أشبع، منى تدعوني مجدداً إلى الطعام قائلة لي:

- لماذا لم تأكلي؟ هل تعملين «دايت»؟

أستفسر من منى عمّا قالته، تجيبني:

ـ هل تعملين ريجيم؟

- حبيبي نادر ما فهمت ماذا تقول منى؟ سألت ابني.

- تسألك منى لماذا لم تأكلي؟ هل تخافين من السمنة؟

- لا يا خالة لا أخاف من السمنة! أجبتها.

وأنا أستغل أيّة فرصة كي أهمس مع ابني:

- يا نادر ما بدّك يّاها، ما راح تقبل تعيش عيشتنا، أرجوك يا نادر لا تفتح لهم موضوع الخطبة.

- أنا جئت لأخطبها، مستحيل أتزوّج غير منى! قال بإصرار.

- أنت افتح الموضوع معهم إذاً!؟ قلت له ذلك لأتجنّب

إحراجي من قبلهم بشيء لا أرغبه، أو أسمع كلاماً يجرحني.

وهنا بدأت الشروط على نادر من أب العروس، قال وشرع يعدّ طلباته على أصابعه:

- من أوّلها يا أقاربنا، البنت لا تستطيع أن تعيش بسوريا، وهي تحتاج لخدمات الحياة كاملة: بيت مستقل وسيارة للتنقّل، البنت وحيدة، ونحن نبحث لها عن حياة تسعدها، لا تلومونا.

وأنا أبتلع لعابي، وكدت أغصّ، أجبته:

ـ يا أبو منى، أنت تعلم كيف حالنا على قدّه، وكيف علّمت نادر حتّى تخرج من الجامعة، أجمع بيض الدجاج وأبيعه، وأحرم البيت من حليب الغنم لأبيعه حتّى أصرف عليه.

ـ أنا قلت ما أريد لابنتي، ولكم! وخرج أبو منى متوتّراً.

ومراعاة لخاطر ابني، وحتّى لا يلومني بأنّي لم أكترث به، رغم قناعتي المضادّة لرغبته. ألتفتُّ نحو منى وسألتها:

ـ أي يا منى تعذّبنا من دولة لدولة من أجلك، ولأنّنا نحبّك، وتعرفين أنّ عندنا فتيات جميلات مثلك، تركناهنّ وجئنا نطلبك؟

- يا خالة أنا لا أقدر أن أعيش مثلكم، ولا أخالف أبي برأي!

التفتت إلى أمّ العروس، وقلت لها:

ـ احكي، ساعدينا.

- القرار لمنى هي التي تعيش حياتها.

في هذه الحظة نظرت إلى نادر نظرة تبين له أنّ كلّ ما نقوله لهم كلام عقيم، وأشرت له بأن نسكت، ونخرج من هذا المأزق بسلام.

تنحنح نادر وعدّل جلسته، وقال:

ـ بوجود الحبّ بين اثنين ليس ما يدعو لوضع شروط، ومنى تعلم ما مدى الحبّ بيننا، أمّا لماذا تغيّرت لا أدري، فأنا مستحيل أترك بلدي، أنتم تعلمون أنّنا في سوريا نتنقّل في قرانا على الدواب، والسيّارات قليلة إلاّ من أنعم الله عليهم.

تنظر منى إليه باستخفاف وتهمّ بالخروج، تصفق الباب بنزق وتخرج، دخلت غرفة أبيها غاضبة، يخرج الأب ويتّجه نحو الخروف ويقطع حبله المربوط بالشجرة، يعدو الخروف باتجاه الحرش، وهو يملأ الفضاء بثغاء الحريّة. تابعت العجوز أمّ نادر حكاية خطوبة ابنها، وهي تتذكّر تلك الأيّام المرّة:

«وقفت خالتك أمّ نادر يا فرح، غاضبة قلت لنادر:

ـ راح الخروف يا نادر، ولا يمكن اللحاق به.

اتّجهت نحو غرفة الأب، وقالت له تذكّيراً بماضيهم البائس:

ـ ضيعتنا صغيرة ومنعرف بعض، يا بو منى، إذا بيّك ما خبّرك وقت تزوّجت عمتك لسوريا كان مهرها ربعيّة شعير!

تلك الليلة قضيناها عند شاب سوري صديق نادر كان يشتغل بلبنان، وفي اليوم التالي رجعنا إلى سورية، والحجر لو بار مكانه قنطار».

أخذت قسطاً من الراحة بعد عودتي من الصالون، وذهبت كعادتي إلى منزل العجوز أمّ نادر، كانت في كامل وعيها وهي تكمل لي قصّة ابنها نادر، قالت: «يقتنع نادر أخيراً ويتزوّج بنت عمّه، يا نغصة قلبي لو بقي فوق رأس أولاده، مات في الطريق ولم يكن يقاتل أو يحمل سلاحاً، كان يحمل الخبز وهو عائد من الفرن إلى البيت، توفّى نتيجة خلاف في الشارع بطلقة طائشة.

وتابعت: والمرحوم ابني شاكر كان يحبّ المقالب ويتقن التمثيل. شاكر لم يرغب الدراسة ولم يكمل تعليمه قرّر أن يذهب إلى لبنان ويعمل هناك، كما أنّه حصل على الجنسيّة اللبنانيّة، أحبّه أحد وجهاء الطائفة، وساعده فحصل عليها، وتوظّف في البلديّة كعامل نظافة. كلّ صباح يرتدي ثياب العمل، يلفّ «الحْرام1» على رأسه ويخبّئ وجهه، حتّى لا يُرى منه إلا بصيص عينيه، تخرج فتاة من الفيلاّ لتناوله كيس القمامة، البنت بيضاء وشعرها أشقر طويل وعيناها خضراوين؛ جميلة. يتكرّر ذلك كلَّ يوم وهو يزداد إعجابه بها.

كان يبحث عن طريقة ليكلّمها أو يسمع صوتها، تضحك أحياناً، فيشعر أنّها تسخر منه.

يخرج في المساء وهو بشكل آخر، فيراها على الشرفة وهي تشرب قهوتها، تشاهد شابّاً وسيماً يرتدي بذلة فخمة، ويلبس برنيطة خواجات ونظّارة، ويحمل في يده لفّة مخطّط أو خريطة، لم تتّضح صورته تماماً، ولم تميّزه عن شكله كعامل نظافة، ويلفت نظرها أنّ الخواجا الملفّق، الذي هو نفسه، يأتي في نفس الموعد عند كلّ مساء.

كان ينظر لها خفيةً، حتّى تجرّأ في يوم من الأيّام، وطلب منها ماء كي يشرب، نزلت وأتت له بالماء، ناولته الماء وشرب وهي تنظر له بإعجاب شديد، سألته عن عمله أخبرها أنّه يعمل مهندساً. كانت النتيجة أن تزوّجها وقضى معها شهر العسل، وهو يمثّل

---

1 الشماغ: يطلق عليه حْرام - بتسكين الحاء- باللهجة المحليه.

عليها، كشفته عندما عاد إلى عمله، وإلى ثياب العمل، وتمعّنت ببطاقة عامل النظافة، الذي كان يأتي كلّ يوم ويأخذ منها القمامة»

أصغي لأمّ نادر، ولما ترويه لي عن وقائع في حياتها، تستحقّ أن تكون كفيلم سينمائيّ، تتابع:

«بعد أن اكتُشف على حقيقته قامت القيامة بينها وبينه، تركته وعادت إلى بيت أهلها. تزوّج مرّة أخرى فتاة مسكينة كانت تصبر على سلوكه، كنت أتمنّى أن يكون ما زال على قيد الحياة، يا نغصة قلبي عليه هو الآخر توفّي، كان يزرع في أرض القرية فانفجرت فيه قنبلة من أثر الحرب، أمّا ابني الثالث خلدون أيضا توفّاه الله في أوّل ربيع عمره. يا ليتني متّ قبلهم يا بنتي».

تصمت أمّ نادر، يبدو أنّها تعبت، أو أنّها تحاول أن تتذكّر ماذا بعد، أو ترتّب حدثاً ما تريد أن تتابع الحديث عنه. تنظر إليّ وتطلب منّي أن آتي بالماء لتشرب، أحضرت لها الماء، شربت أمّ نادر، ثمّ يبدو عليها الشرود، وتعود إلى موضوع ابنها خلدون. يبدو أنّ ذاكرتها تعبت أكثر ممّا يجب، ثم سكتت ويبدو عليها أنّها استعادت صفاء ذاكرتها. راحت تنظر إليّ، ورأتني معجبة بحديثها فقالت لي:

- يا فرح الزواج قسمة ونصيب، يشبّهون العروس بالبطيخة، فإمّا تكون ناضجة وإمّا تكون «قرعة». إلى الآن لا رجل في الدنيا يعرف ماذا تنوي المرأة وكيف تفكّر!

سألتها:

- يا خالة أمّ نادر، ما الأشياء التي ندمت على فعلها، والتي لم تفعليها لو عادت الأيّام بك إلى أيّام الصبا؟

- كنت تمنّيت أن أعيش لنفسي، ولا أعيش الحياة التي يريدها منّي الغير، تمنّيت أن يكون لي حريّة الرأي، ورفض ما لا أحبّه، والشجاعة لأعبّر عن مشاعري بصراحة، كثيرون كتموا مشاعرهم ليتجنبوا الصدام مع غيرهم وندموا، كذلك التضحية لأجل أناس لا يستحقون.

بدت تتذكّر بشكل متّزن أكثر من ذي قبل، فتابعت تقول:

تمنّيت يا فرح أن أكون سعيدة لنفسي، مثلما كنت سعيدة وأنا أعيش من أجل أولادي، وتمنّيت لو بقيت على اتّصال مع صديقاتي القديمات وجدّدت صداقتي معهنّ، فالأصدقاء القدامى يختلفون عن بقيّة الأصدقاء، نشعر معهنّ بالسعادة، ونسترجع ذكريات الطفولة الجميلة. لكن ظروف الحياة والحروب أبعدتنا عنهنّ، وفقدنا التواصل نهائياً ولا نعرف من توفّي منهنّ ومن بقيت على قيد الحياة.

والآن لولاك يا فرح أتمنّى الموت، لم يبقَ لي أحد يؤنسني في عجزي. أنا جعت يا فرح.

ـ وأنا قد جهّزت لك العشاء، وأنا استمع لك.

***

8

ينطوي يوم، ويهلّ يوم بعده تتجدّد فيه الحياة بشكل آخر، ففي صباح يوم جديد كان جميلاً علينا في الصالون، كانت المتدرّبات جميعهنّ بكامل نشاطهنّ وحيويّتهنّ.

راحت المدربّة ندى تشرح لنا، وهي تتفنّن بشعر الصبيّة «زينة» وهي من زبائن الصالون، جلستْ على الكرسيّ مقابل المرآة، ونظرها ينصبّ على المرآة، لترى المتدرّبات مستغربة ما الذي حدث، وجميعهنّ بشعر قصير. ونحن جميعنا ننظر الى ندى، ونركّز كيف تحرّك يدها بسلاسة وتقانة وسرعة، وننتظر أن نشاهد تسريحة شعر الزبونة زينة بعد استكمال العمل.

تسأل الصبيّة زينة مديرة الصالون باستغراب ما شاهدته من تضامن المتدرّبات، مع قصّة الشعر الموحّدة بموديل واحد لهنّ جميعاً، تجيبها مبتسمة:

- ذلك بمناسبة اليوم العالمي للسرطان، وتضامناً مع المصابات بهذا المرض تبرّعنا بشعرنا وقدّمناه للمريضات بالسرطان.

ـ حبّذا لو أستطيع ذلك، فأنا أنتظر خطيبي القادم من فرنسا اليوم باكراً لنتزوّج.

ـ كلّما جئتِ الى الصالون تقولين أنّه قادم لهذا الغرض. لكِ خمسة أعوام يا زينة، وحتّى الآن لم يأتِ لماذا؟

تتلعثم زينه وتجيب بأنّ ظروفه تعسّر المجيء ولم تسمح له. يرنّ هاتفها الجوّال، تخاطب منى:

- عفواً يا ستّ منى، ترفع الهاتف إلى أذنها، أهلاً خالد، الحمد لله على السلامة، هل وصلت؟ أنا في الصالون، بعد قليل أكون في البيت.

ـ خذي وقتك، عدت من المطار، ولم أستطع السفر إلى سوريا، إن شاء الله آتي في وقت آخر حين تتيسّر الأمور.

تقفل زينه الخطّ، وتضع الهاتف بهدوء أمامها دون جدال مع خالد، قالت لندى بثقة:

ـ وأنا الآن سأتبرّع بشعري لمرضى السرطان، يبدو بأنّ خطيبي لم يستطع المجيء.

كان الصمت لغة الجميع في الصالون، لكن ليس الصمت العاديّ والهادئ والحياديّ. إنّما الصمت المدوّي، الصمت الغاضب، صمت المرأة حين يكون لها موقفها الاحتجاجيّ، الذي لا تستطيع التعبير عنه إلاّ بهذه اللغة، في الوقت الذي لا يستطيع الإنسان أن يغيّر شيئاً بسبب صدمة تحمل التراكم السلبيّ لخيبة أمل منتظر بفارغ الصبر.

***

على الرغم من تعاطف زينة مع المتدرّبات، وتضامناً معهنّ قصّت شعرها، كانت لا تزال تحت تأثير الصدمة التي تلقّتها بسبب عدم مجيء خطيبها، ووعوده المتكرّرة بأنّه سيأتي، وخيبتها هذه المرّة أيضاً.

تغادر زينة الصالون منهارة نفسيّاً، وهي في حالة من الغضب تقول فرح في داخلها: «الخذلان والكذب أصعب بكثير من السرطان. أيا تُرى هل من رجل يستحقّ التضحية؟»

تسألني المدرّبة:

ـ أين شاردة يا فرح؟

ـ شاردة مع هاجس يقلقني، فإنّي أتساءل عمّا ستكون نتيجة التحليل الثاني لمرضي في يوم غد، وكيف يكون مصير صحّتي، التي تدهورت من أوّل جرعة كيميائي أخذتها، وأنا أكظم على ذلك. لا أدري كيف صدرت من أعماقي تنهيدة، وقلت: يا ألله، ارحمنا برحمتك! انتبهت المدرّبة لتنهيدتي. لم أسمع الكلام المهموس، الذي تحدّثت به بينها وبين نفسها كردّ فعل على ما سمعته منّي.

لم يعد للسرطان الذي ألمّ بي أيّ معنى، أمام السرطان الذي ينهش بلادنا التي كانت كالجنّة، وغدت بفعل الخارجين عن القانون والحرب كالجحيم! وأنا أعيش في زمن الحرب هذا، وأشاهد كلّ ما يحدث حولي كما السرطان الذي ينهش بالناس.

اعتبرت مرضي لا شيء، وبسيطاً جداً أمام ذلك، مع هذا فالتفاؤل هو ما أتمسّك به في هذه الظروف الصعبة، وكما سأشفى، سيشفى كلّ ما أراه قد تسرطن، أو يتسرطن، مثلما استُؤصل منّي ما هو مصاب، لا بدّ وأن يُستأصل.

عند نهاية الدوام خرج كلّ منّا الى بيته؛ وكان أملي أن أصحو على يوم جديد يكون خالياً من الأمراض، لكنّ للأيّام حكمتها، فاستسلمت لأجري التحليل الأخير.

لا حول ولا قوة الاّ بالله، سأكمل الجرعات المطلوبة، ولو أنّها دون إرادتي.

مساءً وكالمعتاد قصدت بيت العجوز أمّ نادر، كانت في بيتها صديقتها القادمة من منطقة الفرات، قالت لي الزائرة:

ـ لطالما أنا موجودة عند أمّ نادر يمكنك المغادرة، والعودة بعد غد، ربّما كانت لديك أعمال تحتاج لأن تنجزيها.

شكرتها وغادرت، فعلاً غرفتي يلزمها التنظيف وسأطبخ طعاماً يكفيني ليومين.

صباح اليوم التالي ذهبت إلى الصالون، واعتذرت من المدرّبة عن حضور الدورة ذلك النهار لأخذ الجرعة الكيميائيّة، ومن هناك ذهبت إلى مشفى البيروني الاختصاصيّ بهذا المرض كالعادة. هناك استقبلتني الطبيبة المناوبة، وطلبت منّي -لعدم وجود دواء- أن أعود غداً، فتكون الأدوية قد وصلت من مصدرها إلى المشفى

لم أعد إلى الدورة لتعلّم المهنة ذاك النهار، كانت فرصة لي أن أشمّ الهواء، لطالما الهدوء الحذر يعمّ دمشق، ولم تُسجّل أيّة حوادث مؤلمة في ذاك النهار.

ذهبت إلى حديقة السبكي، كانت أشجارها حزينة، حتّى الطيور لم تكن تزقزق فيها كعادتها؛ فلم يفد إليها أحد من الزوّار بسبب الخوف من تكرار التفجيرات، التي حدثت في غير مكان من المدينة.

شعرت بانقباض قلبي، خرجت أتمشّى في شارع «أبو رمّانة» وجدت نفسي أتّجه منه وأدخل زقاق الصخر، ومنه قصدت صالة الفنون الجميلة فرأيتها مغلقة. يئست من أن أجد مكاناً يبعث في نفسي البهجة، فعدت إلى غرفتي. جهّزت طبخة كطعام ليومين، وكانت ليلتي صعبة، وأنا أفكّر بجرعة الدواء، وذهبت صباح اليوم التالي إلى مشفى السرطان.

بكلّ ما فيّ من قوى داخليّة، أعطيت نفسي جرعات من الأمل قبل جرعات الدواء، وطويت تعب الأيّام متأمّلة أن ينتهي كلّ ما حدث معي وكأنّه لم يكن، وحتّى ولو فقدت كلّ شيء، فلن أفقد الأمل والرجاء بأنّ من خلقني لن يتخلّى عنّي؛ فجرعة الدواء، التي أُعطيت لي لم تكن هي ما سلّمت أمري إليها، بل كانت جرعة من الحبّ الذي يخفق له قلبي لأوّل مرّة.

مضى اثنان وعشرون عاماً من عمري، وكان قلبي يخفق خوفاً في طفولتي، وأحبّ أن أشارك أطفال الحارة ألعابهم، ينظرون لي بسخرية ويتكتّلون مع بعضهم ضدّي، ولا يشاركونني في اللعب، ويتهامسون بكلام عدوانيّ نحوي لم أفهمه.

كما كان قلبي يخفق خوفاً من الأيّام التي أقضيها وحيدة بعد أن فقدت أم بسّام السند الذي كنت ألجأ إليه. ويخفق خوفاً ممّا أشاهده من جرائم وعنف وفقر وذلّ وقهر. ولا يزال قلبي يخفق قلقاً كلّما أخذت نفساً عميقاً تخرج معه دقّات قلب أمّي، التي أجبرتها الظروف أن تتركني على الرصيف أمام باب مسجد.

أكبرُ وأنا أسمع نساء الحارة ينظرن لي، ويتهامسن بكلمات تؤذيني، ويحمّلنني ذنباً لا أعرف ما هو.

والآن أشعر أنّي ولدت من جديد مع كلّ مرضي، الذي كان سبباً للتعرّف على من يحبّني ويهتمّ بي.

جلال الذي انتشلني من محنتي.

عندما شاهدت «جلال» الذي كان بجانبي عندما أخذت الجرعة الأولى، وهو ينظر لي نظرات لم أعهدها من أحد قبله. نسيت مرضي، وكنا قد تعرّفنا على بعض في المشفى عندما أُجريت لي العمليّة، ويومها كانت تُجرى له عمليه بنفس المرض في القولون. هذا المرض اللعين الذي لا يوفر شابّا أو فتاة، وما زال يفتك بالجنس البشري دون رحمة.

أتذكّر نظرات جلال يومها، وكيف كنت لا أكترث له، ولا أسأل عنه، من شدّة الألم الذي أعاني منه ولا ينساني ولو لحظة. وجلال في ذاك الظرف العصيب يتقرّب منّي محاولاً أن أستجيب له، ونلتقي في مكان ما، وها نحن قد التقينا بعد مدّة دون موعد.

جلال الذي يجلس على كرسيّ بجانبي الآن، ونحن ننتظر الممرّضة، التي أجرت لنا القسطرة، وذهبت لتأتي بجرعة دواء السرطان، التي لا بدّ لها أن تفعل فعلها من غثيان، إلى جانب ما تعد به من شفاء.

يسألني جلال:

ـ هل أنت خائفة؟

ـ لا، أنا لا أخاف من الموت، بل أخاف من المرض، أخاف من أن أعجز عن الحركة، وأحتاج لمن يخدمني، ولم يكن إلى جانبي أحد

ـ أين أهلك؟

ـ قصّتي طويلة يا جلال، إذا أُتيحت لنا الفرصة فيما بعد ستعرف كلّ شيء.

ـ أيضاً أنا أعيش وحيداً.

ـ وأنت أين أهلك يا جلال؟

ـ أهلي قضوا في الزلزال الذي حدث عندنا شمال البلاد، يومها كنت خارج البيت عند رفيقي، جئت صباح الحادث فلم أعرف حتّى معالم بيتنا الذي كان يعجّ بأهلي وأخوتي الذين كان قدرهم أن يذهبوا الى الجنّة، وأنا أبقى لأتعذّب في هذه الحياة. يصمت قليلاً، ثم يقول لها بحذر: لكن الآن عادت لي روحي بلقائنا، ولو أنّي ما زلت «زعلان» منك منذ ذلك اليوم الذي رأيتك به في المشفى، وكنت أترصّدك بعيوني متمنّياً أن تنظري لي لأكلّمك، وأبوح لك بكلّ ما أختزنه في قلبي من حسرات، كان عندي شعور بأنّك أنت التي ستسمعني، مع هذا سأسامحك.

ـ جهّز نفسك، الممرّضتان جاءتا وكلّ منهما تحمل عبوة بيدها.

ـ انظري يا فرح كم العبوة كبيرة، أنا لست خائفاً وأتمنى منكِ ألاّ تخافي.

الممرّضة تقول لفرح:

ـ انظري إلى صديقك لا تنظري إلى يدك. والتفتت نحو جلال، وقالت له بأن ينظر نحو فرح.

تمّت العمليّة، وأنا وجلال نحدّق ببعض، نستمدّ القوّة ممّا فينا من أمل بلقاءات قادمة لا نبالي بما يحدث لنا، كلّ منّا يفكّر بالنجاة ليحقّق أهدافه، ونشكر الله على الظروف التي جمعتنا مصادفة دون ميعاد ليجري في أجسامنا دواء واحد؛ ونظراتنا كانت تحوّل

هذا الدواء الصعب، إلى دماء محبّة اخترقت قلوبنا دون إذن منّا.

يخاطبني جلال بصوت هامس:

ـ أعطيني يدك، اقتربي منّي أخاف أن يغدر بي الموت قبل أن... وألغى ما كان يريد البوح به، وهو بالتأكيد عن الأمل بتتويج هذه اللحظات بحبّ كبير، وربّما يتلوها ما قد يكون الزواج، أو على الأقلّ التبادل العاطفيّ الحميم، أقرب يدي من يده، وتتعانق اليدان ويقول: «بلمس يدك يُنبت الحبُّ أجمل الزهر في يدي يا فرح»

كانت فرصة أن يستغل جلال هذه اللحظات، للتعبير عن مكنونات صدره نحوي، واستجبت له بكلّ حواسّي:

ـ قراءتك للغة التي تقولها عيوني لكِ فيها أسرار لم أقلها لأحد من قبل، انظري فيهما جيّداً، أترين بريقهما، هو زورق لكِ لتبحري في هذه الأسرار، وأنا أبحر في البريق الذي يلمع في عينيكِ.

لم نشعر بمرور الوقت مع أنّه لم يكن أكثر من نصف ساعة من الزمن، وحضرت الممرّضة وقالت لنا، وابتسامتها المشرقة ترتسم على وجهها حين رأتنا نتناغم:

ـ الحمد لله على سلامتكما، افرحا وأحبّا بعضكما. الحياة جميلة بوجود أمثالكما؛ لكن الآن لا تقفا قبل أن ترتاحا.

أسأل جلال مستغربة:

ـ كيف مرّ الوقت دون خوف أو وجع، فما السرّ؟!

ـ هناك ما هو أقوى من المرض يا فرح، وقد يكون هو الحبّ.

لحظات وأصبحت أشعر بالغثيان في المعدة، ثمّ أفرغت ما فيها وغبت عن الوعي، ولم أشعر بالوقت الذي انقضى، وأنا بحالة غيبوبة.

بدأت أصحو أخيراً، وكان جلال يصفعني على وجهي صفعاً خفيفاً، لأستكمل صحوي، وأعصابه ترتجف. نظرت إلى وجهه الشاحب، ولم أستطع التمييز بين وضعي ووضعه، أهو يتألّم أم أنا، أم من خوفه عليّ، ثم فتح حقيبته ونسل منها منديلاً، وحاول أن يخفي عنّي ثيابه الملوّثة بما خرج من معدتي، ويمسح ثيابي محاولاً إزالة الرائحة الكريهة منها، والتي جعلت الغثيان يتناوب عليّ من جديد.

يسألني جلال:

- كيف تشعرين بوضعك الآن؟

ـ إنّي بحالة جيّدة. قلت له ذلك حتّى لا يقلق من أجلي، وسألته لأطمئن عليه: كيف حالك أنت يا جلال؟

ـ الحمد لله أنا لم أُصب بأذى من الجرعة مثلك، والآن نستطيع الخروج من المشفى، لن أتركك سأذهب برفقتك إلى البيت.

يسألني ونحن في الطريق:

ـ ألست جائعة؟ أنا جائع، هيّا نأكل في مطعم قريب قبل أن نكمل إلى البيت؟

ـ لا أستطيع يا جلال انظر ما أنا فيه، ثيابي!؟

ـ أجل انتظريني قليلاً سأشتري طعاماً، ونتناوله في بيتك، وأتعرّف عليه.

ـ حسناً، لكنّه ليس «قد المقام!»

ـ في هذه الأيّام القاسية لا يُلام أحد على وضعه ولا يُؤاخذ!

وصلنا البيت وهو يحمل ما أحضره من طعام، ويمسك بيدي خوفاً عليّ بعد أن رآني أترنّح دائخة.

بعد دخولنا الغرفة لم أستطع التماسك، استلقيت على سريري المفرد، وظلّ جلال واقفاً وهو ينظر في جنبات الغرفة، التي لم يكن فيها سوى حصيرة صغيرة ممدودة إلى جانب السرير. وقف جلال حائراً، وهو ينظر إلى وضعي المرير، وماذا سيفعل ليستطيع الجلوس، ويلتفت إلى أنحاء البيت يبحث عمّا يستطيع أن يجلس عليه. وجد الحلّ بعبوة من تنك أملؤها بالماء. حملها إلى جانب السرير وجلس عليها، ثمّ أحضر الطعام وطلب منّي أن أجلس.

ـ جلست بصعوبة، وبيدٍ كان يسندني، وباليد الثانية راح يطعمني، ورفض طلبي بأن يأكل هو الآخر حتّى أنتهي من طعامي. كنت أتناوله وأحسّ بغصّة مع كلّ لقمة منه لأنّه لم يشاركني به، قلت له:

ـ هذه هي المرّة الأولى في حياتي، التي أجد فيها أحداً بجانبي، ويطعمني ولا يأكل حتّى يراني شبعت.

سالت دموعي متأثّرة بما قلته، حاولت أن أمسحها قبل أن يراها جلال.

ـ يبدو أنّ الله أعطاني العون كي أقف بجانبك. قال لي وهو يضع راحة يده على كتفي ليشدّ من عزيمتي.

قلت له مكابرة:

ـ أشعر أنّي ارتحت جيّداً، الآن دوري بأن أعتني بك، وأحضر لك القهوة، ريثما تنتهي من الطعام.

حلّ مساء ذاك النهار وأنا وجلال نتحدّث عن مصاعب الحياة، التي تهون إذا ما توافرت لها سبل الوداد والمحبّة والتعاون، والمشاركة العاطفيّة والوجدانيّة بين البشر، والأصحّ بين اثنين

تتوافق وتتناغم أرواحهما ليسيرا معاً دروب الحياة بما فيها من مصاعب، ويتجرعان بكلّ رضى ما فيها من حلو ومرّ.

انتهت السهرة ولم ينته الحديث الكامن، الذي كان ينتظر الوقت المناسب للبوح به، عن مأساة كلّ منهما، التي رسمتها الظروف لتكون ما تزال في أوّل الطريق.

***

خرج جلال وهو ينظر إلى الوراء متمنّياً لو يبقى، ويكمل الليل في هذا المكان المشبع بالدفء والمحبة والأمان، وقال على مضض:

ـ إلى اللقاء يا فرح.

كنت أنظر إليه، بعينين دامعتين على فراقه تلك الليلة، وغاب عن عيني ليلحق به قلبي، ويرافقه حتّى بعد أن استلقيت على السرير، وغفوت حتّى ضُحى اليوم التالي، لأصحو على من يقرع باب غرفتي، ولا يزال النعاس يغالبني وجسمي متعب، ولا قدرة لي على الحركة بسهولة. نهضت وكانت مفاجأة لم أتوقّعها بظهور شابّين أحدّهما يحمل لي باقة ورد، والآخر يحمل لي وجبة طعام. لم أسألهما مَن المرسل، شكرتهما وغادرا، ونظري متعلّق بالباقة لأقرأ ممّن ستكون، وهي تؤكّد لي أنّها من جلال لأنّ ما كُتب على البطاقة يوحي بذلك، تقول البطاقة:

«الحبّ أقوى من السرطان يا فرح، والورد للورد»

تناولت الطعام، وأنا أفتّش في جهات الاتّصال بجوّالي عن رقم جلال، الذي سجّلته فيه لأكلّمه وأشكره، فوجدته مطفأ بسبب انتهاء

الشحن، ولا يوجد وسيلة لشحنه بأيّة طريقة لانقطاع الكهرباء.

عدت أسترخي على السرير بسبب قلّة النشاط والتعب.

مضى أسبوع، ولم أستطع الذهاب إلى الصالون، ولا الذهاب إلى بيت العجوز أمّ نادر، ولم يطرق بابي إلاّ عامل المطعم ليحضر لي الطعام في أوقاته، والموصى به لي من جلال.

أصحو في موعد التقنين لقطع الكهرباء.

يشغل فكري جلال لكنّي أستسلم للنعاس دون ضجر، وأعود لحياتي المعتادة بعد أن تعافيت. سهرت الليل أنتظر الكهرباء لأشحن الجوّال، وأستطيع أن أتكلّم مع جلال وأطمئنّ عنه، أخيراً تمّ شحن الجوّال وتحدّثنا معاً، وكانت لهجة جلال تحمل نبرة العتاب والخوف عليّ، ليطمئن أنّي بخير، أخبرته أنّي بخير، وسأعود للذهاب إلى صالون التجميل.

بكلّ نشاط وحيويّة ذهبت إلى الصالون معتذرة لصاحبته ندى على غيابي، الذي يبرّره ما حدث معي، وما عانيته خلال الأسبوع الذي مضى. تقول ندى لي بأنّهنّ كنّ قلقات علي، وتسألني:

ـ كيف حالك الآن؟

ـ الحمد لله إنّي بخير.

أسمع من بنات الدورة تعاطفهنّ معي وخوفهنّ وقلقهنّ عليّ، ثم تطلب المدرّبة ندى من المتدرّبة سوار أن تضع الصبغة على شعر إحدى الزبونات، وجميعهنّ يتابعن مراحل هذه العمليّة، ثمّ ينتقلن إلى مشاهدة تفاصيل عملية قصّ شعر «كارّيه فرنسيّة» لزبونة أخرى. كانت فترة الاستراحة قد حانت، ولم يبق سواهنّ في الصالون. تتحرّش إحدى البنات بـ«سوار» طالبةً منها أن تكمل قصّة

حبّها، التي انقطع بوحها لها عند تعلّقها برفيق طفولتها «كمال». تعتذر سوار خجلاً، ثمّ تتجرّأ بعد إلحاحهنّ عليها أن تحكي ما حدث في الأيّام الخوالي من طفولتها البريئة. ممّا قالته لهنّ يثير الكثير من التساؤلات والشجن، وبعد أن بدت في حالة شرود، تنهّدت وقالت سأختصر الحكاية:

«حكايتي كانت مع ابن جيراننا كمال، الذي كان ينتظرني يوميّاً كلّ صباح أمام البيت لنذهب معاً إلى المدرسة، كنّا نجلس معاً على مقعد واحد من الصفّ الأوّل، نأكل معاً أيّ طعام يحمله أحدنا، ونكتب الواجبات المطلوبة معاً ونلعب معاً، وينام كلّ منّا منتظراً أن تشرق الشمس من جديد لتكرار المشهد. كلّ ذلك إلى أن دخلنا المرحلة الإعداديّة، كلّ منا يعبّر للآخر عن اهتمامه، وإعجابه دون أن نلفت أنظار من حولنا، كان كلّ ذلك لا يكفي. صرنا نكتب مشاعرنا نحو بعضنا على ورقة معطّرة، وندسّها في أحد الدفاتر خلسة، وفي اليوم التالي نقرأ ما كتب أحدنا للآخر ونتبادل الابتسامات الخجولة، وبالنسبة لي كنت في وقت فراغي أرسم صوراً أتخيّل فيها أنّي في ثوب عرسي الأبيض، وهو يلبس طقم الفرح، وأدسّها بين دفاتره، نتبادل ابتسامات موحية بحبّ نقيّ وكبير.

تطوّرت علاقتنا، وبقينا معاً حتّى حصل على الشهادة الجامعيّة، تتوقّف سوار قليلاً عن الكلام ثمّ تقول: أتمنّى أن يقف الزمن عند هذا المشهد، لأبقى أعيش على أملي بالزواج منه. شاء القدر أن تزوّجت من الشابّ كمال الذي كان حلمي، ناداه الواجب لأن يلتحق بخدمة العلم بعد زواجنا بثلاثة أشهر، وبقيت على اتّصال

معه عندما تُتاح لنا الفرصة، ثمّ فقدت الاتّصال معه بعد أن فارقته آخر مرّة وكان في إجازة، بدأت أقلق وانهارت أعصابي، بعدها وردنا الخبر بأنّه استُشهد في الحرب، ثم شُيّع جثمانه الرمزيّ لأسباب أمنيّة وصعوبة الطريق، وأطلقوا على شارع ومدرسة اسم الشهيد كمال.

بعد أسبوع من العزاء غادرت بيتي الذي كان حلمي، علّقتُ صورة كمال في مدخل البيت، وغادرت إلى بيت أهلي مرتدية الثياب السوداء، تاركة كل شيء يربطني به، إلاّ ذكريات زواجي. ولم أصدّق أنّه استشهد، بقي في مخيّلتي بأن أشاهده في أيّة لحظة ودائماً أتخيّل نفسي أنّي أتكلّم معه. كانت تزورني صديقتي وتواسيني، كي تخفّف عنّي ما أعانيه، وتقنعني أن أزجّ نفسي بعمل يخفّف عنّي مصابي، ويجعلني أتنفّس وأبدّد حزني. تعرّفت في المكان الذي عملت فيه على زميل العمل رياض، وكان موظّفاً معي في غرفة واحدة، حدّثته عن معاناتي بعد وفاة زوجي، ونظرة المجتمع لي كأرملة، كان يواسيني: عليكِ أن تقفي من جديد، وتنسي الماضي، تطوّرت علاقتنا إلى إعجاب، وحبّ صامت. تقدّم رياض وطلب يدي، رأيتها مناسبة لأتخلّص من أسئلة إخوتي الشباب، فالمجتمع يسمح لهم بكلّ شيء، ويعطيهم الحقّ في أن يعترضوني حيال أيّ تصرّف، فلا خروج إلى مكان دون موافقتهم.

قبلتُ الزواج من رياض.

ومن الثياب السوداء، إلى فستان العرس الأبيض، الذي لبسته على مضض. حاولت أن أسعد رياض، وأبقى مبتسمةً مع الحزن الذي لا يفارقني لحظة. وغالبا ما كنت أسهو، وأناديه: «كمال..».

إلاّ أنّه كان يواجه ذلك بابتسامة محبّبة.

حملت منه وأنجبت صبيّاً، اقترحت عليه أن نسمّيه كمال، فوافق على ذلك، وقال لي:

كنت سأطرح عليك هذا، وأرجوكِ أن تقبلي هذا الاسم، كلّ من أحبّك أحبّه. الحمد لله كمال الصغير خفّف عليّ الحزن، وزوجي رياض كان متفهّماً ومراعياً لمشاعري، بأيّ تصرّف قد يحصل سهواً. ومرّت السنوات، ونحن نعيش بأحسن حال، لكن الحرب ألحقت الأذى بالجميع دون استثناء، خُطف رياض الموظّف لدى الدولة، وهو يغادر مكان عمله إلى البيت، عدت من جديد أتحمّل المعاناة. كان الخاطفون يرسلون لي صوراً وهم يعذّبونه، العذاب الذي لا يُحتمل، ويطلبون الفدية عشرات الملايين، ونحن أناس على قدّ حالنا، نعيش بدخل شهريّ، حتّى أنّ هذا الدخل لا يكفينا

استمرّوا يساومون عليه، حتّى انخفض المبلغ إلى عشرة ملايين. صرّفت مصاغ عرسي، واستدنت الباقي حتّى أخرجناه من ظلم الوحوش، الذين لا ينتمون إلى البشر.

بعد هذه الفترة من العذاب سافر زوجي رياض بسبب غلاء المعيشة، وليسدّد ما استدنّاه فوق مصاغي، كدين في رقبتنا. بدأت أشعر بالملل، فأذهب إلى بيت أهلي، المحاذي لبيت زوجي كمال جار الطفولة. والشيء الذي لا يُصدّق، ولا يخطر على بال، وبعد ستّ سنين على وفاة كمال أسمع صوته يناديني ويقول:

- أنا كمال افتحي يا سوار.

أصغيت جيداً؟ هو صوت كمال. أم أنّي أتخيّل؟!. ثم تتالى النداء بصوت أعلى:

- سوااااار. يا سوار. أنا ما زلت حيّاً يا سوار!

كنت أسمع الصوت، هو فعلاً صوت كمال، فتحت النافذة التي تطلّ على بيته، يتكرّر النداء. أيعقل بأنّه ما يزال على قيد الحياة؟ أين قضى ستّ سنوات!؟

نظرت من النافذة، فوجدته يكسر الصورة التي وضعتها على مدخل المنزل:

- أنا حيّ. يا عالم. يا ناس....... !

سقطتُ على الأرض فاقدة الوعي.

كلّ من في الصالون يصغي لسوار بذهول، سكتت وانهمرت الدموع من عينيها. ورحن يسألن عمّا حدث:

- هل عدتِ إليه، أم بقيتِ مع زوجك رياض؟!

- عجزت عن التمييز بينهما، ولم أستطع أن أتّخذ قراراً، أخذتُ ابني كمال الصغير، وما زلت أعتني به.

تسألها ندى عمّا حدث فيما بعد، تجيبها بأنّ كمال ما زال إلى الآن يعاني من عدم استقرار نفسيّ بعد أن قضى كلّ هذا الوقت مُختطفاً ويُعذّب جسديّاً ونفسيّاً، ويكلّف بأعمال شاقّة على مدى ستّ سنوات. أمّا رياض، بعدما علم بعودة كمال حيّاً، ما زال مهاجراً في الغربة ولا أعلم عنه شيئاً. وينقضي الوقت في الصالون كلّ يوم، بحكايات من الواقع المُعاش، ومعظمه عن حياة وظروف البنات اللواتي يتدرّبن ويعملن فيه، وأغربها جراحاتهنّ التي اندملت، وتركت ندوباً من الصعب زوالها مع الزمن، والأصعب أن تُنكأ، وتنثر عليها الحرب غبارها وسمومها وجمر نيرانها.

***

9

انقطعت من الذهاب إلى بيت أمّ نادر عدّة أيّام، فرأيت أن أزورها، ونتناول طعام الغداء معاً إذا تمّ إحضاره من المطعم كالمعتاد، وجلال لا يزال على سلوكه وعهده لنفسه بأن يظلّ إلى جانبي. يذكّرني رنين هاتفه بموعد الغداء عندما يتّصل بي عامل المطعم حين يحضر لي الطعام وأكون خارج البيت. يسألني:

ـ أين أنت يا فرح، أنا واقف عند باب بيتك، جئت بوجبة الغداء!

أعطيته عنوان أمّ نادر ليلحق بي إلى منزلها، وقصدي أن نتناول الغداء معاً.

كان عامل المطعم قد وصل قبلي، فأنا راجلة وهو على درّاجته الهوائيّة، لحقت به يقرع الباب ولم يجبه أحد، قرعت الباب بنفسي أيضاً ولم يجب أحد.

نسيت بأنّ أمّ نادر لا تستطيع الخروج من الداخل وحدها، ولا يوجد لها من يساعدها على الوصول للباب، شعرت بالخوف عليها بأن يكون قد أصابها سوء، وضعت أذني على الباب كي أسمع ما

يصدر من صوت أو أنين أو ما شابه، وأنا متأكّدة بأنّ أمّ نادر لا يمكن أن تخرج من المنزل إلى أيّ مكان آخر.

يرى عامل المطعم الحيرة والخوف على وجهي، يسير نحو باب الجيران ويقرعه ليسأل عن أمّ نادر.

كانت المفاجأة الصادمة عندما أجابته جارتها بأنّها قد توفّيت منذ خمسة أيّام.

مع كلّ تعبي حمّلت نفسي مسؤوليتي وأنّبني ضميري كيف تركتها أسبوعاً، ولم يكن في بيتها وسيلة اتّصال لأطمئنّ عنها.

عاد عامل المطعم إلى عمله، وحملت الطعام وعدت إلى بيتي حزينة كسيرة الخاطر. استلقيت على السرير وصورة العجوز أمّ نادر لا تفارق مخيّلتي، وأنا بحالة من السهو الأقرب إلى السبات، حتّى اليوم التالي دون طعام ولا شراب.

لا شكّ بأنّ جلال سيكون هو الآخر بحالة من التوتّر والقلق عليّ، بسبب إقفالي لجوّالي حزناً على العجوز، التي فارقت الحياة ولم أكن إلى جانبها، وهي في أشدّ حاجتها لي. كنت أتقلّب في فراشي، وقد جافاني النوم حزناً عليها، وشعوري بالذنب لتقصيري نحوها.

غفوت، وبدلاً من أن أستسلم لنوم هانئ، داهمتني أحلام مشوّشة عن جلال، بدا لي أنّه هو الآخر في حالة قلق، وتدخينه المتواصل والدخان يعبق في المكان. يهلوس باسمي، ويعاتبني بصوت شجيّ وحزين كيف لم أفي بالوعد الذي اتّفقنا عليه عند وداعنا في آخر لقاء أن أتّصل به، ثمّ يلوم نفسه على تعلّقه السريع بي، وتعاطفه مع وضعي الصحيّ الذي يشابه وضعه. يسأل نفسه

هل كان ذلك شفقة عليّ، أو حاجته للحبّ الذي لم يكن في حسبانه، ثمّ يتوقّف عن الكلام، ويترك ليديه التعبير عمّا يعذّبه. ينقطع الحلم فترة ليعود بصورة أخرى له جعلتني أطير من الفرح، يناقض نفسه هذه المرّة بأنّه أحبّني بكلّ أحاسيسه، وأنّه يستطيع أن يضحّي بروحه من أجلي، وأنّ الحبّ لا يستشير المحبّ حين يراوده عن نفسه، ويحتلّ قلبه وعاطفته، هو لم يكن يبحث عنه، ولم يكن هاجسه أبداً قبل لقائه بي، ثم يقول بصوت عال يجعلني أنهض من النوم:

«أنت قدري يا فرح!»

أستيقظ وأصحو تماماً، فما كان يتحكّم بي من خيالات، ويمضي بي إلى هذا الحلم، وما يماثله حتّى في أحلام اليقظة ربّما تكون طفولتي التعيسة والهواجس التي ما زلت أحملها في البحث عن الحنان الذي افتقدته في طفولتي، والبحث عن أمّي التي لا أعرف صورتها، ولا أنساها أيضاً ولا تغادر مخيّلتي، ألملم أفكاري دائماً من هنا وهناك كي أصل إلى رأس الخيط محاولة الامساك به، ولكن دون جدوى.

على الرغم من تلك الهواجس العبثيّة بأن أحظى بها، يستمرّ أملي حيّاً بأنّي سألتقي بها ذات يوم، وتتجلّى لي بصورة جميلة، وتفاصيل دقيقة لجمالها كأمّ بحجم الدنيا رسمتها بخيالي لها، لعلّها تصبح حقيقة أغذّي بها روحي، أتمنّى أن تكون هي الحقيقيّة، فأتخلّص من هذا العذاب.

كان خيالي لا يرسم لأمّي إلاّ صورة بأقصى الجمال، وأنسى ما أحمله لها من أفكار سوداء، دائماً تكون للأمّ صورة مخبّأة في العقل

الباطن خارقة الجمال، كبيرة القلب وحنون وبهيّة، لا تتجلّى إلاّ في لحظات نكون بأشدّ الحاجة لها كأمّ.

تمتثل أمامي الآن صورتها من جديد، أتمعّن بها قليلاً، فأجدها قد تلاشت واختفت.

يبدو للخيال أنّ الصورة الجميلة كانت حلماً!

أنتزع الغطاء عنّي، وأتفحّص جوّالي ربّما يكون جلال قد افتقدني، وأنا أعلم بأنّي أنا التي وعدته أن أكلّمه، ولم أستطع بسبب تعكّر مزاجي لموت أم نادر، وهواجسي المشوّشة.

كالعادة وجدت جوّالي مقفلاً بسبب انقطاع الكهرباء، وعدم شحنه.

ألقيت الجوّال جانباً، وأنا مشوّشة وغير متّزنة.

حاولت أن أغلي قهوة لعلّني أروق ويصفو مزاجي، وأستعيد توازني كي أذهب إلى الصالون لكنّي لم أستطع.

لم يكن بمقدوري أن أتحمّل صداع رأسي الذي دهمني فجأة، ألقيت جسدي على السرير، وأنا بحالة من الوجع الجسديّ والنفسيّ.

**

10

أتذكّر موعد الجرعة التالية، وأسلّي نفسي بالتساؤلات، كيف تمضي الأيّام مسرعة من عمري، وما زلت أحلم لأكمل تعليمي وأحقّق أمنيتي، وحلمي الأساس بأن أكون قاضية كي أقف بجانب المرأة المظلومة في مجتمعنا، ولا سند لي، ولا وضعي المالي يساعدني على تحقيق هذه الأمنية، التي يدرجها الواقع الذي أعيشه في قائمة المستحيلات، بالإضافة إلى أنّ صحّتي تعاكسني كلّما نهضت من جديد.

تخطر ببالي وجبة الطعام التي تأتيني من المطعم، فأعتبرها صدقة من جلال، كما سأكون حذرة من العلاقة معه خوفاً من أن أتعلّق به أكثر قبل أن يسمع قصّتي، ويعلم من أنا وبنت من؟! وبالنهاية ينسحب من قلبي المليء بالجراح فتزداد جراحي، متأكّدة بأنّ ذلك لو حدث سوف يقضي عليّ. انقضت عدّة أيّام، وأنا بحالة انعدام التوازن، وحائرة بين عقلي وقلبي وصحّتي.

أتذكّر الفروق بين الجرعات، وكيف كانت حالتي قبل أن تعرّفت على جلال وبعد، مع تأكيدي لنفسي بأن لا شفاء لي إلا بالتشابك

الروحيّ بيني وبين جلال، دائما أتذكّر بوجه لي بأنّ الحبّ يشفي.

أعود لحبّ الحياة من جديد، وأنهض، وأجهّز نفسي لأذهب وآخذ حقنة الجرعة، أتخيّل ماذا قد يحدث بيني وبين جلال حين نلتقي في المشفى، وكيف سيكون العتاب ما بيننا حول انقطاع التواصل خلال الفترة التي مضت، وأنا متأكدة بأنّي لا أستطيع إلاّ أن أمسك بيده كما في كلّ مرّة. وبالمقابل أخاف أن يكون غاضباً منّي بعد أن نبّهت عامل المطعم ألاّ يحضر لي طعاماً بعد الآن. آخر ما فكّرت به، وأنا في طريقي إلى المشفى بأنّه محال أن يتّفق معي فيما لو علم بقصّتي، وبأنّي خدّامة في بيوت الناس؛ والأمر الأهمّ هو الفرق بيني وبينه، أنا شبه أميّة وفقيرة على الحديدة، وهو متعلّم وبمكانة مهندس ومن عائلة ثريّة.

لم أشعر بالوقت، وأنا أتنقّل بالمواصلات، إلاّ وأنا أمام جلال الذي ينتظرني عند باب المشفى.

كانت نظرته لي حادّة جدّاً، ثم سلّط نظره نحو الأرض، حتّى لا أستصغر نفسي أمامه، كنت في منتهى الخجل منه، لم أتملّك من النظر إليه. استقبلني بوجه حزين، ودون عتاب قال لي: «أهلاً فرح» بغصّة أحسست بها أنّه يكاد يختنق، حوّلت نظري إلى ما كان يرتدي من ثياب، ذاتها التي كان يرتديها حين التقينا أوّل مرّة. قميصه الأزرق، وبنطال جينز، لم يكن ذلك مصادفة، بل حتّى لا يشعرني بالدونيّة، مع هذا شعرت بدونيّتي أمامه بثيابي رديئة النوع، والبالية من تكرار الاستعمال والغسل، وثيابه من أفخم الماركات التي ترد إلى بلدنا تهريباً بسبب الحصار، ينتبه لي لكنّه لم يشعرني بذلك.

لم ينتظر لأصافحه، أخذ يدي ودخلنا المشفى، واتّجهنا إلى إجراء ما يترتّب علينا من إعطاء معلومات عن وضعنا الصحيّ، وإجراء الفحوصات اللازمة قبل إعطائنا الجرعة.

دخلت ممرّضة كعادتها تحمل عبوات الدواء المضادّ للسرطان، ثم دخلت ممرّضة ثانية، كانتا تنظران إلينا باستحسان، على عكس نظراتهنّ لنا عند علاجنا الأوّليّ.

قالت الممرّضة الأولى حين رأتنا معاً، ووضعنا الصحيّ مقبول وبخبث ممازحة:

- الحبّ يفعل العجائب!

يؤكّد جلال لها ما قالته مزاحاً، يمسك يدي ويضغط عليها بقوّة، يبتسم الجميع وأنا أخفض نظري خجلاً.

انتهت عمليّة الحقن بخير، لم يتأثّر جلال ولا أنا منها، وبعد الاستراحة المطلوبة والضروريّة ودّعنا المشفى، ونحن بوضع صحيّ جيّد.

خرجنا من المشفى معاً، وحتّى ما بعد الخروج لم يكلّم أحدنا الآخر، ومثل كلّ مرّة، كان جلال ينتظر منّي أن أبدأ.

التفت جلال لي وقال: «أنا جائع يا فرح» وانتظر أن أجيبه بأيّ كلام ليفتتح الحديث معي، بقيت ساكتة خوفاً من أن تُفسّر أيّة كلمة أقولها على عكس ما أبغيه. كانت خطواته تقصد مطعماً تعوّد أن يتناول طعامه فيه، وصلنا إليه وقال لي ممازحاً:

ـ لو قلتِ لا سأضرب عن الطعام إلى الأبد! أعرف ما تقولين في داخلك، لكنّ هذا المطعم تعجبني فيه نظافته وتعامل الزبائن الحسن.

دخلنا دون حرج، دخلت بكلّ طيب خاطر، قلت له:

ـ وأنا جائعة مثلك وأكثر.

قبل أن يجلس جلال خلف الطاولة، همس في أذن النادل كلمات لم أسمعها. غاب النادل قليلاً، وعاد يحمل باقة من الورد مزركشة الألوان، كان لون الأمل يطغي على كلّ ألوانها، وبعده يأتي لون الغرور مع الجوري الوردي مع لون الصفاء، وفي الوسط قلبان يربطهما سهم يخترق بطاقة كُتب عليها: «من أجل فرح» وضعها أمامي، نظرت إليها مبتسمة، شدّت على يدي يد جلال التي ما زلت ممسكة بها، سحبت يدي منه وفتحت حقيبتي وأخرجت قلماً، وكتبت على البطاقة ذاتها: «الحبّ عذاب».

ابتسم جلال، وسألني: لماذا كلّ هذا التشاؤم؟

ـ اثبتْ أنّه غير ذلك!؟

ـ حلاوة الحبّ بمراره، هكذا أنا أفهمه، هو كالحرب يحدث فيه كلّ ما هو غير متوقّع، حتّى وأنت تقسين عليّ صوتك يريحني من كلّ عذابات الدنيا.

ـ ربّما لأنّي لا أريد لك أن تتعذّب تفلت منّي بعض الهواجس بعد أن تتحوّل إلى كلام يعنيك أنت تحديداً.

ـ وربّما لأنّنا بدأنا علاقتنا بكتم مشاعرنا، والاحتفاظ بها فترة طويلة حتّى نبوح به، لا تأخذينها على محمل الجدّ، وهذا ما يعذّبني أكثر.

ـ قلبي يختزن أسراراً لو أنّك عرفتها لأغرقتَ الزورق الذي أبحر فيه نحوك، وأغرقني معه!

يبتسم ويتلمّس باقة الورد ويقول:

ـ أعتقد أنّ هذا الزورق يتّسع لنا نحن الاثنين!

يتوقّف الكلام ما بيننا، كنّا قد انتهينا من تناول الطعام، تلمّست وردة جوريّة في الباقة، حملت باقة الورد أتمعن بها وأعدتها إلى الطاولة وذهبت إلى المغسلة.

بعد خروجنا من المطعم طلب منّي أن يوصلني إلى بيتي، ويشرب عندي قهوة، قلت له ساخرة من وضعي:

ـ كأنّك اشتقت للجلوس على عبوة التنك؟

بعد لحظات من الصمت أجابني:

ـ بل اشتقت أن أشرب قهوة من يدك ولو جلست على لغم!

ـ وسأسقيك الشاي بدلاً من القهوة لأنّ القهوة نفدت من عندي، ولن أستطيع أن ألبّي طلبك حتّى آخر الشهر.

يبتسم ويقول لي:

ـ أستطيع أن أصوم عن القهوة العمر كلّه، إلى أن أشربها من يدك، تحديداً من يدك، القهوة وغير القهوة، لا طعم لشيء إلاّ إذا كان من تحت يدك.

ظلّ ممسكاً بيدي حتّى صعدنا السيّارة، لم يكن الطريق طويلاً إلى بيتي، أو أنّ وجودنا معاً لم يجعلنا نشعر بالمسافة. دخل وحده محلاً يبيع القهوة، اشترى قهوة بالهال، ودخل محلاً آخر بجانبه، واشترى علبة بسكوت مغمّس بالكريم ومحشي بالجوز ومكسّرات، تابعنا طريقنا إلى بيتي. فوجئ جلال بالعبوة التنك التي جلس عليها في المرّة الأولى، وقد تحوّلت بفضل إعادة تدويرها وإعطائها شكلاً جماليّاً، إلى تحفة فنيّة تُقدّم إلى أهمّ شخصيّة ليجلس عليها.

كنت أنتظر منه أن يخفّف عنّي عبء إحساسي بالدونيّة، قال لي ما لم أكن أنتظر سماعه منه:

ـ كم أنا سعيد الآن لأنّك بخير، هذه المرّة سأسألك سؤالاً محرجاً، هل تسمحين لي به؟

التفتت إليه أفكّر بما سيكون السؤال، لم أصل بيني وبين نفسي إلى جواب، فأجبته باختصار:

ـ حسب السؤال.

ـ إذن سيتأجّل هذا السؤال إلى أن يحين وقته.

ـ أنت أدرى بما ستسأل، وبما قد تكون إجابتي عليه.

رأى أنّ سلوكه هذا أشبه بمناورة، وأنّني لا أزال غير واثقة تماماً به إذا لم يقل ما يبتغيه، وأنّه سيكون الخاسر بهذه الجولة معي، قال لي:

ـ بصراحة إنّ سؤالي هو التالي: أتسمحين لي بأن أستأجر لك غرفة مفروشة، في مكان أكثر أماناً في المدينة؟ هذا نصف السؤال، النصف الثاني منه: أم هل تسمحين لي أن أشتري لغرفتك هذه فرشاً مناسباً؟

شعرت أنّ ذلك يشكّل لي إهانة، وفي الوقت نفسه كيف أردّ على حسن نيّته بما لا يستحقه، قلت له والحياء والارتباك يغلب علي:

ـ أعرف في سرّي أنّك يمكن أن تطرح عليّ مثل هذا السؤال؛ لكن سأسألك: لماذا تقدّم كلّ هذا الكرم الحاتميّ لي، ولا يربطنا أيّ رابط شرعيّ، سوى أنّنا تعارفنا وانسجمنا معاً بعواطفنا وأحلامنا، الخلاصة: إنّي أرفض ما تريد أن تفعله بشأني خوفاً

عليك أوّلاً؛ فقد يلحقك من هذا التصرّف إساءات لسمعتك لم تكن بالحسبان، المجتمع لا يعرف بالنوايا، المجتمع ينظر إلى مثل هذه الأمور بعين واحدة، هي العين المشكّكة وسيّئة الظنّ، مجتمعنا لم يدمن على المحبّة الخالصة، لا يزال ببعد واحد، أكرّر رفض ما عرضته عليّ.

جلس جلال ينتظرني لأغلي القهوة، شعرت أنّه بحاجة لمصارحتي بما يؤرّقه بشأني، سألني:

ـ لماذا تخفين عنّي ظروفك الصعبة؟ أنا لا أفرّقك عن نفسي، والحمد لله الخير وافر.

يتابع بعد لحظات من الصمت، وهو يتأمّل ردّ فعلي من تعبير وجهي، وذلك لاحظته من اختلاسه النظر إليّ وأنا منهمكة بغلي القهوة:

ـ انتبهي لي يا فرح، أنا لا يهمّني أن أجلس في بيت فخم، وعلى كرسيّ ولو كان من خشب الأبنوس، وأشرب القهوة بفنجان من ذهب، وأنتِ خجلة منّي. أنت بالنسبة لي الروح التي أحيا بها، غرفتك هذه أجمل بعينيّ من كلّ قصور الدنيا.

سهوت قليلاً ففارت القهوة، قلت له ممازحة:

ـ هذا ما فعل بي كلامك، إيّاك أن تكرّر مثل هذا الكلام الذي كنت تلقيه على مسمعي.

أجابني يبرّر لي سهوي:

ـ فوران القهوة خير، ليتها تفور دائماً بين يديكِ.

ـ أعرف لماذا تبرّد دمي بقولك هذا!!؟

ـ وأنا أعرف لكنّي أخاف.

يختصر ما يريد البوح به، وينظر لي مبتسماً، سكبت له ولي القهوة؛ وبدأنا باحتسائها على مهل. قال جلال:

ـ أتمنى ألاّ يكون بيننا حدود، وأنا أعلم ما تكنّين لي!؟

ـ اعذرني، ما زلت أشعر بأنّ الوجه الآخر للمجتمع كالوحش، ومن الممكن أن ينقض عليّ ويفترسني في أيّة لحظة.

ـ بعد الآن لا تخافي، أنا دائماً بجانبك.

لم يغادر جلال قبل أن يخفي ما يحمل من نقود ورقيّة تحت صينيّة القهوة.

***

11

تراودني دائماً وبسبب الظروف الصعبة التي مرّرت بها،
والمجهول من حياة أمّي بالنسبة لي الشكوك بالجنس الآخر،
وبالعلاقة معه. أوقظ هذه الحالة لديّ، وأتساءل -وأنا أفكّر بما
يجري بيني وبين جلال- بأنّه لا بدّ من أن تكون هناك صداقات
نزيهة بين رجل وامرأة، وبين فتى وفتاة، وأنّي من خلال ما أراه في
الحياة العامّة بهذا الخصوص، غالباً ما تتحوّل تلك الحالة إلى حالة
عاطفيّة وتعلّق لا فكاك منه، وغالباً ما ينتهي بالزواج بعد أن يتملّك
قلبي مثل تلك الفكرة الأزليّة. يقابل كلّ ذلك من يستهينون بهذه
العلاقة، وتنحرف بوصلتهم نحو خيارات مصلحيّة أو لا أخلاقيّة.
تلازمني دائماً مثل هذه الشكوك، ومثل تلك الهواجس ظلّت تسيطر
عليّ دائماً، ويغلب على تفكيري أولئك الذين يعبثون بمشاعر
الأنوثة الرقيقة، وبالجراح التي قد تكون طفيفة وتندمل مع الزمن،
أو التي لا تندمل ولا يطويها النسيان، وتترك ندوبها كعلامة على
كلّ ما هو باطل في حياتنا، وغير مستحبّ وغير مألوف، ولا تقبل
الأعراف به، أيّا كانت الذرائع التي يتمسّك بها.

محطّتي الأخيرة، وهاجسي لتساؤلات جلال، ووصولي إلى قناعة تامّة بأنّه لا يمكن أن يتدنّس بهذه الصفات الوصوليّة الدنيئة؛ فهو في نظري أخلاقيّ ووفيّ، ونبيل بكل ما لهذه الصفات من معنى. مع كلّ ذلك تنتابني دائماً مثل هذه الهواجس ليلاً، ولا يزورني ملاك النوم إلاّ حين أتوصّل إلى هذه القناعة.

حين يصفو رأسي ممّا يشغله من الجانب العاطفيّ، وأنا مستلقية على سرير النوم أتذكّر قصص الشتاء الصاخبة التي لا يمحوها المطر، والريح تدخل من شقوق الباب الخشبيّ، وتحرك كلّ شيء ساكن في الغرفة. الليلة باردة، وكلّ شيء فيها كئيب وحزين أرى القمر من النافذة باهتاً، وقد حرم الكون من نوره البهيّ

يطلّ الفجر وخيوطه تلوح خجولة من النافذة، والضباب يذرف حبّات مطر خفيف على بلّورها، تستبق دويّ الرعد، هل هو الرعد فعلاً؟ أرفع الغطاء عن وجهي، وأنظر إلى النافذة، أتساءل: أأنا في حلم؟ أم أنّي أعيش حقيقة تقلقني؟! يشتدّ نقر حبّات المطر على بلّور النافذة، أدعك عيوني لأتأكّد ما الذي يرافق هذا الدويّ؟ لم تصفُ الرؤية بسبب القطرات المستقرّة على بلّور النافذة.

ما زلت أسمع نقر موسيقى النافذة الذي يزداد، يتعكّر مزاجي حين مسحت بلّورها.

يتوقّف المطر، وتتوقّف هواجسي!

كان للضباب دوره في هذا الطقس المتقلّب، بمناديل ورقيّة مسحت دموع الضباب التي تتندّى على بلّور النافذة، وتركت لها صمتها حتّى حان الصحو، لأستضيف عصفوراً جاء يحتمي بي عند النافذة، أو أنّه كان يبحث عن الدفء، ليلوذ من الصقيع، يطير

حين حاولت الترحيب به بحركة من يدي، وهو لا يعلم بأنّي حتّى ولو مسكت به لن يكون نصيبه القفص.

استيقظت ولم أفسّره، أهو حلم يقظة، أم كلّ ذلك حقيقة، وأنا واقعة تحت ضغط خوف خفيّ لا أدركه؟!

أطل الصباح ليبدّد كلّ ما كان يعتريني من قلق وخوف.

أسرعت أرتّب أموري للذهاب إلى الصالون، مع ما يرافقني من شغف كبير يربطني بجلال. هناك أسمع حكايات البنات حول تجاربهنّ العاطفيّة، والأحداث المؤلمة التي ألمّت بالكثيرين من الناس، بسبب الجهل أو بسبب الحرب. أخبرهنّ في فترة الاستراحة عن حادث قد سمعته من إحدى المريضات حين كانت تنتظر دورها بإجراء التحاليل المخبريّة المطلوبة في المشفى، وهي تتكلّم بجوّالها، وتخبر أحد المقرّبين لها عن حادث ألمّ بابنتها ذات الثانية عشرة:

«نحن في المشفى، بنتي «ساندرا» قامت بمحاولة انتحار عن طريق تناول أدوية قلبيّة؛ وبين محاولات إسعافها، وغسل معدتها، وبين التحقيق بالحادث، وبين البكاء الهستيريّ، كانت الأمور جدّاً غامضة.»

فهمت من خلال المخابرة أنّ الطفلة، التي هي بعمر الورود حاولت الانتحار بهذه الطريقة؛ لكن المفاجأة كانت حين نبّهت إحدى الممرّضات عن وجود دماء على بنطالها. خلال ثوان كان الجميع يفكّر بالأمر، وأجمع الكلّ أنّها متعرّضة لحادث اغتصاب.

تمّ على الفور استدعاء طبيب نسائيّ لفحص الطفلة ساندرا، تظهر لهم أنّها الدورة الشهريّة.

سئلت الأمّ عن بلوغ ابنتها، فأجابت بأنّها لم تبلغ بعد، ولا تعرف شيئاً عن موضوع الدورة الشهريّة، حسم الطبيب التساؤلات والشكوك بأنّ الطفلة بلغت في هذا اليوم، وحدثت الدورة بشكل طبيعيّ.

لكن لمّا انتبهت الفتاة للدماء خافت، وفكرت أنّ عليها القيام بعمل شيء ما لنفسها، حتّى تتخلّص من عار لا ذنب لها به قد يلحق بها كما يحدث في مسلسلات التلفاز، أو ممّا تسمعه عن عالم الفتيات السريّ، من النسوة المسنّات، وعدم توعيتهنّ في مثل هذه المجتمعات الجاهلة، تناولت علبة دواء والدها بقصد أن تنتحر خوفاً من الفضيحة.

***

من المؤسف أنّنا إلى اليوم نخجل من أن نتحدّث مع أطفالنا حول أجسادهم، والتغيّرات الجنسيّة التي تطرأ عليهم، ونتركهم لما يحصلون عليه من معلومات خاطئة من مصادر مشبوهة، أو جاهلة حول هذه المسائل، أو غيرها من أمور لها مساس مباشر مع حياتهم ومستقبلهم.

دور الأمّ بالمراحل العمريّة للطفل كبير جدّاً، وواجبها أن تشرح التغيّرات لأطفالها، وخصوصاً الإناث بطريقة علميّة بسيطة ولطيفة.

نتذكّر القصص التي تروى في فصل الشتاء والمعاناة التي تمر بالناس، وأكثر هذه الحوادث سببها الجهل كقصّة جاري «أبو علي» الذي لم يكن بقدر حمل رسالة الأبوّة:

«حكاية أبو علي «غطت ووطّت» كما يقول المثل؛ فقد كان يتسابق مع زمن الحرب وينجب الأطفال، وفي مفهومه أنّ «كلّ طفل يولد يأتي رزقه معه» حتى ولد له نصف دزّينة أولاد، ولم تأتِ هذه الثروة التي ينتظرها.

جاء فصل الشتاء، وأبو علي لم تكن لديه وسيلة للتدفئة، لا مازوت ولا حطب ولا كهرباء ولا غاز، ولا دخل ولا ما يدّخره من نقود، والأطفال يرتجفون من البرد، وهو ينظر إليهم وإلى منظرهم المأساويّ، قال لزوجته، وهو في حيرة من أمره:

ـ لا حلّ لنا إلاّ أن نقطع من أشجار بستاننا لندفئ الأولاد. وضعنا لم يعد يحتمل!

أجابته زوجته:

ـ وماذا تنتظر؟ الأطفال أهمّ من الشجر.

حمل الفأس وقصد بستانه، وصله فلم يجد أثراً للشجر؛ فقد سبقه الحطّابون اللصوص إلى قطعها حتّى واجتثاث جذور الكثير منها.

عاد إلى البيت وهو يلعن حظّه، خلع عباءته الفرو ودثّر بها أولاده كيفما اتّفق». هذه واحدة من قصص البلد أيّام الحرب، وهناك قصص كثيرة مؤلمة تحتاج لكثير من الصفحات ولا تنتهي.

المضحك المبكي يا بنات أنّ كلّ مواطن يشعر بمعاناة ما، يتضمّنها شريط يمرّ في خيالي، وكلّها في كفّة، ومن عشت في أحشائها، ولا أعرف وجهها تتكرّر في هذا الشريط كما أتخيّله وأتحدّث معه، وأبكي حتّى اليأس، واليوم غدا كالشبح، ولا يفارق أحلامي في كفّة أخرى.

سألتني إحداهنّ عن هذا الوجه الذي تحوّل في خيالي إلى شبح، تملّصت من الإجابة، والكلّ لاحظن ذلك، ولم تُعِد أيّاً منهنّ السؤال خوفاً من إحراجي واحتراماً لمشاعري.

نكمل دوام ذاك النهار على صمت مطبق، وأغادر الصالون إلى بيتي وحيدة.

***

12

في جو حارّ جداً حرارة شمسه العالية تسلخ فروة الرأس. كنت متعبة من عناء الطريق وأنا عائدة إلى البيت، انعطفت إلى مطعم فلافل لأشتري سندويشة، غيّرت رأيي إذ تذكّرت بأنّ جلال أعطاني نقوداً خبّأتها في حقيبتي، قصدت مطعماً قريباً يبيع فطائر المناقيش واشتريت ثلاث فطائر، اثنتان منهما بلحمة والثالثة بجبنة.

وصلت البيت، وضعت الفطائر على الكرسيّ، التي أعدت تدويرها، وأسميتها كرسيّ جلال، لأنّها تذكّرني به كلّما نظرت إليها. دخلت الحمّام مسرعة، استرخيت بالماء الفاتر بفضل حرارة الشمس، بقيت فترة طويلة في الماء كي تتفتّح مسامات جسمي المنهك من التعب وتأثير الدواء به، لأخرج من الحمّام براحة تامّة، وأتناول طعام غدائي بهدوء. خطرت ببالي وأنا في حالة الاسترخاء قصّة ذهابي في يوم بارد جدّاً، من أيّام كوانين الباردة لزيارة جارتي نبال التي أعرف ظروفها البائسة، لا كهرباء ولا غاز ولا مدفأة كي

تسخّن ماء أو لتطبخ أو تستحمّ، فقط تعتمد للاستحمام على الطاقة البديلة، التي تعوّضها عن بعض حاجاتها للنظافة، في مثل هذا الجو البارد. أصرت نبال يومها أن أستحمّ عندها، الحمّام مجهّز بالطاقة البديلة، كما قالت لي، والماء ساخنة دائماً فيه، وتعيش مع أولادها فقط، وهم بمثل هذا الوقت بالمدرسة.

دخلت الحمّام لأعوّض الحرمان الذي أعاني منه بفقداني أساسيّات الحياة، وأستمتع أطول فترة ممكنة بدفء الماء.

فجأة قُرع جرس البيت وأنا أستحمّ، مع العلم أن نبال أخبرتني من قبل بأن لا أحد سيأتي لزيارتها في ذاك النهار.

أصغيت قليلاً لأعرف الزائر من خلال الكلام بين نبال وبينه، فتبيّن لي بأنّه أخوها، قال لها على الفور:

- اعذريني يا أختي، أنا مضطرّ للدخول إلى الحمّام وأعود إليك

قالت له نبال بصوت عالٍ:

- تعال إلى أين؟!

- اتركيني كنت في المخبر، وعملت تحليل سكّر، فكان سكرّي صاعد بجنون، ولم أتحمّل نفسي، اتركيني أدخل الحمّام.

لمّا سمعتُ ما راحت تهمس به لأخيها. رحت أنقذ نفسي من هذا الموقف المحرج، لففت جسمي بمنشفة الحمّام، وخرجت مسرعة إلى غرفة نوم نبال بعد أن تأكّدت أنّهما دخلا الصالون.

شعرت نبال بأنّي قد خرجت من الحمّام بعد أن سمعت صوت باب غرفتها يُغلق بصوت مزعج، أسرع أخ نبال ودخل التواليت ثم خرج، سمعت نبال تقول له أن يبقى ليأكل معنا، وعادت تتكلّم معي، من خارج الغرفة، وتطلب منّي أن أعود إلى الحمّام لأكمل

استحمامي بعد أن غادر أخوها.

وما زلت أتذكّر الأيّام الباردة، وأحياناً أضحك، وأحياناً أحزن، وأنا وسط الماء.

عدت إلى الحمّام ثانية، وأنا أرتجف من البرد بسبب المنشفة المبلّلة التي لففت بها جسمي، نزلت في المغطس، وما زال الماء فيه ساخناً، ولم أكمل المشهد وإلاّ بجرس الباب يُقرع ثانية. ركضت نبال لتفتح وهي تهمس متضايقة من الموقف الذي وُضعت به، كان ابنها آتٍ من المدرسة بسبب مغص في بطنه هو الآخر، ويصرخ بأنّه محتاج لدخول الحمّام، ونبال تحاول معه أن يهدأ قليلاً لكنّه لم يستطع. مرّة ثانية لففت جسمي بالمنشفة المبلّلة، وخرجت مسرعة إلى الغرفة، ارتديت ثيابي، وجلست بجانب المدفأة ريثما تنشف ثيابي الرطبة، ويدفأ جسمي من البرد القارس، حتّى أستطيع أن أعود إلى البيت.

سهوت وأنا أتذكّر المشهد في ذلك الظرف الحرج، وأنا أقول لنفسي: «كم كان الشتاء عبئاً علينا رغم كلّ الخير الذي يعطينا إيّاه!»

تغيّر الأمر في الصيف، كم لهذا الفصل من جماليّات، نحن في فصل لو أن له أمّ لكانت ستبكي عليه حين تنطوي أيّامه، خرجت من الحمّام منتعشة، شعرت بأنّي جائعة.

وأنا أهجس بالطعام وأتخيّل كيف يكون طعم الفطائر؛ فمنذ عام لم أذقها. وكانت المفاجأة التعيسة، عندما دخلت الغرفة لم أنتبه إلى أنّ النافذة، التي فتحتها عند المساء ليدخل منها الهواء حين شعرت بضيق تنفّسي ليلة أمس، بأنّها ما زالت مفتوحة، حتّى

دخلت منها قطّة شاردة، وأفسدت الفطائر، بعد أن التهمت ما عليها من لحوم، ونثرت بقاياها من العجين في أرجاء الغرفة.

نظرت إليها بغضب، لمحت عينيها تلمعان شعوراً بالذنب، هربت ولم تحمل شيئاً من البقايا وهي بحالة من الذلّ.

لم أعتب عليها، مع أنّها من المخلوقات التي يعيش أكثرها في العراء تبقى أرحم من الإنسان.

وفي المساء رحت أرتّب ما عليّ من أعمال لأستيقظ نشيطة من أجل الرحلة، التي حدّدتها ندى لجميع عاملات الصالون في يوم عطلتهنّ الموافقة يوم غد.

كنّ جميعهنّ متشوّقات للتمتّع بجمال الطبيعة الخلاّب، وشمّ النسيم والهواء العليل، وطرح همومهنّ فيغسلن قلوبهنّ من الغمّ تحت ظلال الشجر، ويلتقين على المحبّة بجوّ من السرور، الذي بدّلته أيّام الحرب بالجراح، التي تنزف في أعماقهنّ، وينسين الماضي الحزين ليبدأن حياة جديدة يجدّدنها بما يتشوّقن إليه من الطرب. يلتففن حول ندى، وهي تعقد الشال على خصرها، وتغنّي: «يا مال الشام يا الله يا مالي، طال المطال يا حلوة تعالي».

يبدأن بالرقص فرادى، ومثانٍ تباعاً، حتّى أتى دور هدى العجوز، التي كانت برفقة ابنتها ندى لتستجمّ معهنّ.

نهضت هدى مع أنّها بيد واحدة جرّاء تفجير انتحاريّ، وكانت من ذوي الجراح العميقة بفقدانها يدها.

وقالت للبنات: «إذا جنّ صحبك عقلك لا يكفيك!»

عقدت الشال على خصرها ولم تقبل مساعدة أحد، راحت

إحداهنّ تعزف لها على آلة العود التي تجيد العزف عليها موسيقى «رقصة ستّي»، أفرحت الجميع برقصها الجميل، وبعد أن أنهت الرقصة جلسن جميعهنّ حول الطعام، وهنّ يتمازحن ويتضاحكن، قالت لها إحداهنّ بكلام أقرب إلى الشعر: «يا خالة هدى لم أشاهد أجمل من رقصتك، وأطيب من العطر الذي يفوح منك، أنت مثل الشام التي يفوح عطرها، وتحمله الريح إلى كلّ بلاد الدنيا».

كنّا نجلس حول هدى بفرح، ونحن نتحدّث معها مستمتعين بحديثها. ممّا قالته ولا يطويه النسيان: «علّمتُ نفسي وعوّدتها أن أبقى سعيدة مهما حصل لي، أوصيكنّ أن تكنّ مثلي، تصنعن النكتة والضحكة، من قلب لا يبالي بالحزن، ومن ضعفكنّ تصنعن القوّة».

ثم عدنا من البستان الذي شبع من صخبنا وفرحنا ورقصنا، وشبعنا من جوّه اللطيف، وعدنا إلى حديقة المدينة، وكانت مكتظّة بروّادها، الذين يعشقون الطرب والفن والطبيعة والحياة.

كانت موسيقا الآلات الطربيّة، والأهازيج تُسمع إلى البعيد، من كلّ مكان في الحديقة، وربّما كنّا الأكثر استمتاعاً بها. أقربهم لنا إحدى المجموعات، من هذه الرحلات تلتفّ حول امرأة عجوز، والكلّ يصفّق لها، وبصوت واحد: «وردة، وردة». اقتربنا منها أكثر، قامت العجوز وردة، فارتفعت وتيرة التصفيق لها، راحت ترقص بشعور طفلة، وتفجّر مواهبها الكامنة، وعادت بذلك إلى سنين الفتوّة والشباب، وتستلهم ممّا تختزنه ذاكرتها من الماضي الجميل، عن تجليّات الجسد عند انطلاقه في المرح والحريّة، وكم تعبت، كم غنّت، رقصت.. أنجبت.. ضحّت، حتّى لم يبق حولها أحد،

ووجدت هذه الكوكبة الآن من حولها تصفّق لها بحرارة، تعزف لها بمحبّة خالصة، كنّ جميعاً ككورس متناغم يردّدن الأغنية الشاميّة: «عا لصالحيّةْ يا صالحةْ ـ يا جبنة طريّة ومالحةْ» وإلى آخر الأغنية، أخذ الفرح وردة ذاك النهار، الذي كان من أجمل أيّام العمر، خلعت غطاء رأسها عن شعر باهر كالثلج، فرحةً بوجود الناس الفرحين المحبّين لها، وراحت تلوّح به تحيّي الجميع، الكلّ يحاول أن يمسك يدها ويقبّلها، أو حتّى أن يلمس رؤوس أناملها.

أبكت كثيرين، وهطلت من كثيرين دموع الفرح غزيرة حين نزعت حذاءها، لتكمل فرحها حافية تلامس الأرض، التي عاشت عليها، وأكلت من خيراتها، وانتعشت ببرودتها، وحرارتها، وهي توزّع الابتسامات لكلّ المحتفلين بها، الفرحين بوجودها.

انتهت من الرقص، ليخيّم جوّ آخر من فرح وحزن ودموع، راح الجميع يصفّقون لها، منهنّ من عانقها، ومنهنّ من قبّل يديها وجبينها، أدمعت عيناها وانخرطت بالبكاء، إحداهن قالت لها وهي تمسح لها دموعها بمنديلها: « لا يليق بك البكاء، أنت يليق بك الفرح».

أجابتها وردة: «أبكي فرحاً بالمحبّة التي جمعتنا دون ميعاد ولا تخطيط لها. كنّا هكذا، وسنبقى هكذا؛ لكن تحزنني المحنة التي تمرّ على البلاد، ولا تليق بمن يحبّ الحياة».

تربعت وردة على عشب الحديقة النديّ، تنفّست بعمق وراحت تلبس غطاء رأسها، وإذ بطفلة تخطف منديلها، وراحت ترقص، وتقلّدها ليبدأ الفرح من جديد كما بوردة.

***

انتهت الرحلة، ولن أنسى بأنّ هذا المجتمع الراقي ليس المجتمع الذي تصوّره شاشات التلفاز عن الكراهية والقتل والتخلّف والجهل. كانت حياتهم هكذا قبل الحرب، تجمعهم المحن ويجمعهم الفرح، الكلّ يأكلون من طعام ذات القدر الذي يُطهى، ويُوزّع على الجيران ليكون بينهم جميعاً خبز وملح.

أتساءل مع نفسي: «كيف ذهبت تلك الأيام، كيف تفرّق المحبّون والأصدقاء، وتباعد الجار عن جاره، والأخ عن أخيه، وأنا أتأمّل أن يكون ذلك الجيل العجوز قد ترك بذور الخير للأجيال القادمة، كي يرمّم ما شرخته الفتن، ويعيد التواصل والمحبة والوئام».

***

بعد انتهاء الرحلة إلى البستان، والحديقة العامة في ذلك اليوم السعيد عدت إلى البيت منهكة من التنقّل وعدم الاستراحة. راحت ذاكرتي تستعيد تلك الرحلة الجميلة، التي أتمنّى أن تتكرّر ولو مرّة كلّ عام، مع أناس يحبّون الحياة.

استلقيت على السرير وأنا أفكّر بما قالته ندى بأنّها ستسرّ لي خبراً مفرحاً في يوم الغد. أنتظر بفارغ الصبر يوم غد لأسمع ما تخبرني به ندى في الصالون. كم شعرت بأنّ الليل كان طويلاً، ولم ينته إلاّ بعد صبر، وأنا أنتظر موعد الذهاب إلى الصالون.

فرحتي لم توصف ببشارة ندى عندما أخبرتني بأنّ هناك معرض ملبوسات يحتاج إلى عارضة أزياء، وقالت لي: أنت الوحيدة

يا فرح تناسبين هذا العرض، كما أنّه يعطي العارضات أجرة باهظة.

خبر ندى لي جاء في الوقت المناسب بسبب الظروف الصعبة التي أمرّ بها، ولا أستطيع تأمين ثمن الدواء، ولا تأمين أجرة المهنة التي اكتسبها، ووو حتّى نفقات طعامي علماً بأن ليس هذا ما أطمح إليه، كنت أتمنّى أن أكمل تعليمي، لكن «تجري الرياح بما لا تشتهي السفن»، حين عرضت عليّ ندى هذا الخبر، هطلت دموعي التي كنت أحتاجها لمثل هذا الوقت المناسب لتغسل حزني، مسحتها بمنديل خِفية حتّى لا يراها أحد.

لحظات من الصمت حتّى أجبت ندى: «في يوم غد أتّخذ قراراً وأجيبك».

اعتذرت من ندى بأنّي متعبة من رحلتنا، ولا أستطيع أن أمضي الدوام واقفة في الصالون لأنّي سأعود إلى البيت، لأخذ قسط من الراحة النفسيّة.

فكّرت بمسألة أن أصبح عارضة أزياء، وهذا ما لم أكن أفكّر به أبداً، لم يهدأ فكري عن التردّد بأن أقبل هذا العمل، الذي لم يكن في البال، أو سأبقى بهذه الحال التي أنا فيها والتي يرثى لها، وأظلّ عاجزة عن تحقيق أحلامي البسيطة بأن أعيش عيشاً كريماً في بلدي، الذي غدا تأمين العيش صعباً فيه على من لا يستطيعون أن يتدبّروا أمورهم. أخيراً وجدت أن لا حلّ مناسب ولم أستطع أن أحقّق أمنياتي إلاّ إذا كان لديّ عمل أنتج منه لا أدفع عليه، فأخذت قراري بالموافقة على هذا العرض.

عارضة أزياء، لم يكن حلمي، لكنّها مهنة مريحة، ونشاط لا يقتصر على بلد بعينه، فمجالاته مفتوحة، وفرصة في أمكنة

أخرى، وتكون الشروط الماديّة أفضل، وتدرّ عليّ دخلاً يجعلني في بحبوحة، فلا أحتاج أحداً، وهذا ما سأتركه للزمن.

لكنّ شريط الذكريات البائسة في رأسي لم يتوقّف، أتخيّل نفسي أعيش في بلدي التي أحبّها، وأعمل بها دون قيود أتنقّل فيها بحريّتي، وأعمل أين ما أريد.

قضيت الليلة سهراً، وأنا أتخيّل نفسي أمام عدسات التصوير، وأتخيّل نفسي في الصالون الذي كنت أتعلّم به، ومنه انطلقت إلى العالم الرحب، ولو أنّي كنت مجبرة على اتّخاذ قرار القبول بالموافقة على أن أعمل عارضة أزياء، في معرض لثياب نسائيّة للنوم.

أبدأ المرحلة الجديدة التي لم تكن بحسباني، فرحت أعيش حالات مختلفة المقاصد من هنا وهناك، وكلّ صاحب معرض يغريني بأنّه سيدفع لي أجراً أكثر من الآخر.

***

13

في معرض الأزياء.

بعد أن أثبتُ وبجدارة أنّني كنت ناجحة باستعراض قدراتي، على إقناع الوافدين إلى المعرض بتصرّفي البريء وأسلوبي، وطريقة العرض ولياقتي، وأقنعت كلّ من حولي بأنّ عملي هذا جزء من شخصّيتي، وجزء من عنفواني كامرأة أعيش حياتي كما ينبغي، لن تكون بلا معنى بعد أن عانيت ما عانيته؛ وعلى الرغم من ثقتي بنفسي، التي لم تكن مكتملة على ما يبدو، ولا تزال فيها بعض نقاط ضعف لم أكتشفها بعد كي أتلافاها، وكانت حقيقة لم أدركها فعلاً، ولم أحسب أنّها ستكون مدخلاً لاستغلالي.

لم يكن في حسابي أنّ مدير عملي الجديد صيّاد متمرّس استطاع أن يقنصني بأكثر من طعم، فكان أوّل ما قدّمه لي، مكافأة مقابل جهودي واهتمامي بعملي، مبلغ من المال أستطيع أن أحسّن وضعي به من حيث لباسي الذي يجب أن أظهر به بعملي، وبما يليق بهذا العمل. لم يطل الوقت كثيراً حتّى قدّم لي مبلغاً آخر كمكافأة أستحقّها، وإعجابه بي وبأناقتي، المرّة الثالثة كانت

ذات وجه آخر، قال لي أنّ زوجته في زيارة إلى أهلها وقد تطول، وسيجبره هذا الوضع على تناول طعامه في أحد المطاعم، التي تعوّد على ارتيادها في غيابها، دعاني في اليوم التالي إلى الغداء، ولأنّي لم ألمس منه ما يسيء إليّ لم أتردّد بالذهاب معه؛ مع أنّي تظاهرت بعدم رغبتي، لأعرف مدى إصراره على أن نكون معاً، وفعلاً أصرّ لأنّه كما عبّر عن مشاعره نحوي بقوله إنّه يفخر بي كصديقة لا كعاملة لديه، بعد أن لمس بـأنّي جديّة وأحترم نفسي، وأحبّ عملي وأمينة.

دعاني في اليوم التالي لأن يكون غداؤنا في منزله، لم أوافق، لم يكرّر طلبه، وكنت أعتقد أنّه سيلحّ ويصرّ على أن أذهب معه، ولم تظهر منه أيّة علامة تدلّ على امتعاضه من عدم قبولي، تركني وتمشّى في الصالة يتفقّد الموظّفين، ثم دخل مكتب المحاسبة، وعاد إليّ بعد نصف ساعة من الزمن ليخبرني بأنّهم وافقوا على تثبيتي بعد انتهاء الفترة التجريبيّة لي في العمل، وعليّ أن أوقّع غداً على عقد عمل يتمّ تجهيزه الآن في مكتب المحاسبة، وعاد إلى مكتبه وتركني لهواجسي التي زرعها في رأسي حول اهتمامه بي.

كنت قد علمت منه أنّه يحبّ زوجته، واقترن بها بعد قصّة حبّ عاشاها معاً. مع ذلك لم أنفض يدي من أنّه يميل إليّ، واهتمامه بي عزّز ظنّي بهذا الهاجس. لكنّ السؤال الذي راودني هو: ماذا يريد منّي إذا لم يكن يميل إليّ، وأنّ عاطفته نحوي من باب الشفقة عليّ، بعد أن بدأ يتلمّس معرفة الظروف التي أمرّ بها، وهذا ما أرفضه، ولا أريد لأحد في الدنيا أن يتعامل معي شفقة

عليّ؛ فأنا والحمد لله أتعافى من مرضي، ولديّ القدرة أن أقوم بأيّ عمل جسمانيّ، عدا عن أنّ لديّ طموحات بأن أسير دروب الحياة بكلّ ثقة، وعدا عن أنّني أيضاً قد وضعت قلبي وعواطفه تحت لوح جليد، ولا يهمّني إلاّ أن أعيش بكرامتي مهما واجهت من مصاعب

حان موعد توقيع عقد العمل في اليوم التالي، قصدت المسؤول عن ذلك، قدّم لي العقد مكتملاً بكلّ بنوده، ولا ينقص إلاّ أن أوقّع عليه. راحت عيوني تلتهم بنوده كلمة كلمة، شعرت أنّه عقد إذعان أكثر ما هو عقد عمل، كلّ ما هو مدوّن فيه لصالحهم، ويحق لهم إنهاء العقد متى أرادوا، ودون أن يحقّ لي الاعتراض أو المطالبة حتّى بمعرفة السبب، وكان أحد البنود يقول بأنّني عند أيّة خطيئة أرتكبها أكانت ماديّة أو مسلكيّة تخوّلهم استرداد كلّ ما حصلت عليه من مكافآت أعطيت لي خلال فترة العقد.

بعد أن تسنّت لي قراءة العقد قدّم لي المسؤول قلماً لأوقّع، انتفضتُ كما لو صعقتني شرارة كهرباء. صحوت على أنّني أتعرّض للأذى، وعليّ أن أتصرّف بهدوء حيال ذلك، طلبت منه تأجيل التوقيع إلى وقت آخر، وقلت في سرّي بأنّه يجب عليّ مصارحة مدير المعرض؛ فباهتمامه هذا بي لا يمكن إلاّ أن يصغي لي، ولاحتجاجي على بنود العقد غير المنصفة، ولن يرضى أن يفرّط بي فيما لو رفضت العمل إذا أصرّوا على أن أوقّع العقد كما هو، وعلى كلّ ما ورد فيه.

عدتُ إلى عملي في الصالة، ولم يطل وجودي كثيراً في العمل، حتّى حضر المدير بقامته الطويلة، ووجهه البشوش كعادته، وسألني عن العقد، أجبته بأنّه لا يمنحني أيّ حقّ وليس لي أدنى

مصلحة به، فكلّ بنوده لصالح المؤسّسة، وما عليّ إلاّ الإذعان لها، تغيّرت ملامح وجهه وقال بثقة:

- إنّ كلّ عقود الموظفين والعاملين بنفس الصيغة، كان عليّك أن توقعي العقد دون تردّد.

ثمّ استعاد بشاشته، وقال لي:

- وقّعيه، ولطالما أنا بجانبك لن يصيبك أيّ إجحاف.

تساءلت في داخلي: «ما لم يكن مثبتاً بعقد لا يعوّل عليه، ما الضمانة لي حتّى لو كنت بجانبي؟»

وحتّى لا أقطع الشعرة بيننا قلت له:

- دعني أفكّر.

- لا بأس، لكن فكّري بما قلته لكِ.

وأدار ظهره وتابع جولته المعتادة على الموظّفين والعاملين، ثمّ لمحته من بعيد يدخل مكتب المحاسبة، ثمّ يخرج منه إلى مكتبه بعد فترة قصيرة.

ينتهي الدوام وأغادر، وأنا أفكّر بما أنا فيه من تشوّش حول هذه المستجدّات التي أمرّ بها، ولم تكن محور تفكيري، والهواجس التي جعلتني متيقّظة لكلّ ما يدور حولي، وكان لحذري أن جعلني أنتبه لكلّ شيء، وخاصّة ما يتعلّق بهذا الرجل الذي يهتمّ بي، في هذا المعرض الذي أشتغل به كعاملة عاديّة تحت التجربة. كان لا بدّ للملاحظات التي ألمسها بعد هذا الحذر أن تطفو على السطح، وكانت ذاكرتي تسجلّها بكلّ تفاصيلها، وأهمّها زيارات هذا المدير المتكرّرة لمكتب المحاسبة على مدار اليوم، ولم تكن من قبل على هذا النحو، ثمّ تهامُس اثنين من الموظّفين القدامى

كلّما شاهداه يتوجّه إلى ذلك المكتب، أو حين يأتي إليّ ويقف معي في الصالة، حتّى ولو كان وقوفه من صلب العمل، ذلك ما جعلني أخاف وأتوتّر حين يقبل هذا المدير نحوي، حتّى لو كان ما يتعلّق بعملي. كنت أنتظر أن يسألني حول توقيع العقد ذاك النهار، وحتّى نهاية الأسبوع، ولم يعد يهتمّ بي كما كان من قبل؛ وعند انتهاء الدوام كان سيستقلّ سيّارته حين خرجت من باب المؤسّسة. تريّث حتّى صرت قريبة منه وبادرني بقوله لي:

- فعلت خيراً يا فرح أنّك لم توقّعي العقد.

فتح باب سيّارته وجلس خلف المقود، وهو ينظر إليّ كأنّما يريد أن يقول لي شيئاً آخر، ربّما لأركب معه ويوصلني إلى مسكني، أو سيدعوني إلى مطعم أو استراحة، لكنّه لم يفعل. المهمّ أنّه لم يكن كما كنت أعهده من قبل، ربّما عودة زوجته من زيارتها لبيت أهلها كان السبب، أو أيّ أمر آخر، لست أدري.

لم يطل وسواسي وخوفي وحذري وتوتّري كثيراً، إذ كانت المسافة الزمنيّة قصيرة جدّاً بين ما أنا فيه من قلق، وبين ظهور مالم كنت أتوقّعه، ولم يخطر ببالي أبداً. كانت المؤسّسة بكلّ من فيها من عاملين مستغربين غياب المدير، ومسؤول الحسابات عن المؤسّسة، وتوقّف العمل إلى حدّ ما، إلى أن حضر صاحبها الأصلي، الذي لم أشاهده من قبل إلاّ لماماً ومن بعيد، رحبّ به كبير الموظّفين بعد أن جمعنا في إحدى زوايا الصالة وقوفاً، وعرّفه علينا، وعلى طبيعة عمل كلّ واحد منّا، ممّا قاله لنا:

«كلّ شيء ممكن حدوثه في الدنيا، وفي عالم الأعمال بخاصّة، ذوو النفوس الوضيعة مهما طال الوقت على تخفّيهم يأتي يوم

وينكشفون، وتنكشف انحرافاتهم. اعتبروا أنّ شيئاً لم يحدث، وكلّ واحد منكم ينتبه لعمله، واعتبروني أباً لكم، واعتبروا المؤسّسة كأنّها ملككم، حافظوا عليها وهي أمانة في أعناقكم، مديركم ومحاسبكم بين يديّ العدالة، ولا شكّ سينالان العقاب الذي يستحقّانه».

ودّعنا وعاد كلّ منّا إلى عمله، والكلّ في وضع نفسيّ وتساؤلات عمّا بدر من مدير الإدارة ومدير الحسابات، وفي ذات اليوم عرفنا أنّهما كانا لصّين محترفين يسرقان بهدوء وأناة، وبشكل ممنهج واحترافيّ من الأصول الماليّة للمؤسّسة، وتمّ كشفهما نتيجة خطأ حسابي اكتشفه البنك الوطنيّ، الذي تتعامل معه المؤسّسة. هنا اعتقدتُ بشكل جازم أنّ المدير كان يعاملني معاملة خاصّة، ويتعاطف معي في ظروفي الصعبة لغاية في نفسه، حتّى يُلبسني جريمته بطريقة ما لا أستطيع التكهّن بها ولا بنتائجها.

***

انتهى الدوام يومها وأنا أفكّر: هل أستمرّ بالعمل وأوقّع العقد على ما فيه من بنود مجحفة، أو أترك هذا العمل وأبحث عن عمل آخر؟!

حلّ الليل وأنا أفكّر كيف سأتصرّف، توصّلت إلى نتيجة رأيت أنّها المناسبة، وهي أن أقابل صاحب المؤسّسة وأشرح له الحالة التي أنا بها، وخاصّة موضوع العقد، لعلّه يساعدني على التخلّص من قلقي الشديد وأرتاح نفسيّاً، حتّى أتابع حياتي بسلام.

لم أتراجع عن قراري بمقابلته؛ فهو لم يكن يحضر كثيراً إلى

المؤسّسة، وكان يأتي ويغادر دون أن نشعر به أحياناً، ولا بدّ في هذه الحال أن أزوره في بيته بعد أن لمستُ ولمس الجميع أريحيّته بالتعامل معنا. اهتديت إلى عنوان سكنه في حيّ المهاجرين، جادة الأكابر، ذهبت إلى موقف سرفيس المهاجرين، وأقلّني أحدها إلى أقرب نقطة من العنوان المذكور بعد ظهيرة يوم الجمعة -عطلتنا الأسبوعيّة- الكلّ يعرفه في تلك الجادّة التي قصدتها في الحيّ، من حسن طالعي أنّي لم أتعذّب في الوصول إليه، وأنّه كان خارج المنزل، ويهمّ لفتح بابه الخارجيّ، كان بثياب أقرب لأن تكون ثياب عمل بالنسبة له. بيته المطليّ بالبياض بطابقين، ولا يخفى على أحد، مسوّر بسور حديديّ مزخرف، يعرّش عليه من الداخل الياسمين الذي تفوح رائحته ويعطّر المكان.

استوقفته، لم يستغرب تصرّفي على الرغم من عدم معرفته لي، ولكنّه على ما قدّرت عرف أنّي واحدة من العاملين في مؤسّسته. قلت له دون مقدّمات:

- أنا فرح العاملة لديكم، واستهديت على بيتكم الكريم لأقابل حضرتك وأشرح لك وضعي، فهل ستسمح لي بذلك؟

علت وجهه ابتسامة عريضة، ورحّب بي قائلاً:

- أهلاً بكِ يا ابنتي، هيّا معي.

دخلتُ وأنا كلّي ثقة بأنّ هذا الرجل من أخيار الناس، لم نكد نصل الباب الداخلي للمنزل حتّى فُتح الباب، وأطلّت منه زوجته بوجهها البشوش، وبثيابها المنزليّة المحتشمة وغطاء أبيض على رأسها. ابتسمت مرحبّة بي، ومسكت ذراعي، ودخلت معها صالون الاستقبال، بينما اختفى العم «أبو حمدي» في الداخل، كما أحبّ

أن أخاطبه، ليعود إلينا وقد ارتدى دشداشة سكّريّة اللون مخطّطة بقلم بنّي رفيع جداً بالكاد يبين إلاّ إذا تحرّك بها. غابت العمّة أمّ حمدي زوجته قليلاً، وعادت تحمل صينيّة عليها إبريق تفوح منه رائحة الزيزفون، وقطع بسكويت مطبّق بالشوكولا. قالت لي:

«عمك أبو حمدي يحبّ الزيزفون المغلي، أهلا ومرحبا بكِ».

وراحت تسكب الشراب بأكواب أقرب لأن تكون لشرب الماء. سألني: «إيه يا فرح، ماذا تريدين أن تقولي، وما هو طلبك؟».

ـ لا أعرف من أين أبدأ، لكنّي سأختصر، أنا حتّى الآن أعمل لديكم بمرحلة تجريبيّة، دعاني المدير الذي أخبرتنا بالأمس عن مصيره إلى توقيع عقد عمل سنويّ، قرأت العقد فرأيته مجحفاً بحقّي، ويحمّلني أخطاء قد لا أكون ارتكبتها، طلبت منه التريّث ولم أوقّعه في حينه. فاتني أن أقول بأنّ هذا المدير عاملني معاملة خاصّة، ودلّلني أكثر ممّا أستحقّ، وبشكل يثير الشبهات، شعرت أنّ ما يفرشه من حرير تحت أقدامي لم يكن للّه. وفتاة مثلي بريئة ومعذّبة تصدّق عواطف الغير، حتّى لو كانت كاذبة، وتصدّق الوعود ولو كانت سرابيّة، وتعيش أحلاماً ورديّة مغرقة في الوهم، ولا تصحو إلاّ وهي في الهاوية، وحين جمعتنا وأخبرتنا عمّا آل إليه هذا المدير عرفت أنّه يضمر بي شرّاً، ويريد أن يلبسني تهمة لينجو.

يقاطعني العمّ أبو حمدي قائلاً لي:

- يكفي يا بنتي، إن شاء الله ستكونين في يد أمينة، وتوكّلي على ربّ العالمين الذي لا ينسى أحداً من عباده. على أيّ حال بإمكانك المجيء غداً إلى هنا، وليس إلى المؤسّسة، فدوامك إذا

رغبت سيكون هنا، إلى أن أعود من سفرتي؛ فأنا مسافر إلى دبيّ لفترة قصيرة، وهنا تتسلّين أنت وأمّ حمدي، وحين أعود سيكون لكلّ حادث حديث. استأذنتهما المغادرة بعد أن تناولت ضيافتي من الشراب وضعت أمّ حمدي يدها عل كتفي بكلّ حنان، قالت لي بصوتها الدافئ:

- سأنتظرك غداً، لا تتأخّري، سنفطر معاً.

رافقتني حتّى الباب الخارجي، ولم تغلقه خلفي حتّى غبت عن ناظريها.

نبتت لي أجنحة بعد تلك الزيارة، شعرت أنّي في عالم آخر، قلت في سرّي: «سأعود إلى سكني سيراً على قدميّ» من شدّة الفرح، وفعلت. كنت لا أرى إلاّ كلّ ما يبعث البهجة في النفس من وجوه وأشياء، وشجر أرصفة، وواجهات محلاّت، وباعة بسطات. عرجت على حديقة السبكي، ودخلتها لأختصر الطريق، توقّفت فيها وجلست قليلاً قبالة بحيرة البطّ، كان بعض الأطفال المرافقين لأمّهاتهم يحاولون العبث مع إحداها، أسرعت إحداهنّ نحوهم ونهرتهم، أمسكت بيد طفلها وعادت به إلى مقعدها واحتضنته، وهي تشير له نحو بطّ البحيرة، أوصلت لي النسائم التي تهبّ صوبي من كلامها لطفلها: «هذه مخلوقات بريئة ما خلقت لنعذّبها، خلقت لنساعدها على أن تعيش مطمئنّة وسعيدة، ونفرح بوجودها في حياتنا، انظر لها كيف تسبح فرحة بنا».

غادرت الحديقة من بابها الشماليّ الشرقيّ، واتّجهت نحو شارع الحمراء لأرى معروضاته من الألبسة والأحذية، والتي بالتأكيد وأنا في وضعي هذا لا أستطيع مقاربتها إلاّ للتحسّر، ولكن

بدافع الفضول كغيري ممّن هم على شاكلتي من خلق الله أحبّ المغريات والجماليّات، التي تضيف بريقاً لنا كنساء خلقهنّ الله ليجمّلن الحياة. كان أكثر ما شدّني من معروضات هي فساتين السهرات والأعراس، وتمنّيت لجسمي أن يذوب في إحداها، أو أن أتألّق أنا به. أدهشني ما يعرض من حقائب و»جزادين» نسائيّة وأحذية، وما يعرض في الواجهات من ألبسة داخليّة، وما يعرض من «إكسسوارات» وعطور، صحوت من ذهولي لأجد نفسي، وقد خرجت من الشارع صفر اليدين والروح. وأقطع مبنى البرلمان، وأقترب من بوّابة الصالحيّة وساحتها. نزلت منها إلى محلّة السنجقدار، ومنها إلى سوق الحميديّة، الذي أحبّ غطاءه بالدرجة التي أحبّ فيها الزحام، والحركة التي لا تهدأ، ورائحة الناس، ووجوههم التي تشعرني بالأمان. وصلت الجامع الأمويّ، وعدت أدراجي إلى بابه لأتابع طريقي إلى سكني.

ألقيت نفسي على فراشي المتواضع أبغي الراحة من هذا المشوار الموفّق.

لأوّل مرّة منذ فترة أشعر براحة جسمي ونفسي بعد هذه الزيارة، لأوّل مرّة أحسّ بوجود رجل مختلف عن كثيرين من رجال عرفتهم خلال عمري القصير، كلّ شيء فيه يشعّ بالصدق والحنان والعطف، ويتحكّم بها عقل سليم، ونفس صافية.

قضيت ليلتي بشعور مختلف، وأفكار كلّها تذهب بي إلى المستقبل، الذي أحلم به بشكل سورياليّ، ولا يزال غامضاً ومجهولاً، ولا أعتقد أنّني تلك الليلة عدت إلى الماضي، أو إلى وضعي الصحيّ إلاّ لماماً.

يطلع عليّ الصباح، ولأوّل مرّة في حياتي أتأمّل الشروق، وكأنّ شمسه تعدني بأشياء واضحة وعذبة ومفرحة، كانت تبتسم لي على غير عادتها، وترسل لي خيوط أشعّتها لأنسج منها أملاً لا يخيب، ودفئاً لليالي الباردة، وضياءً لدروبي المعتمة.

غسلت وجهي على عجل، تأكّدت من أنّ معي من النقود ما يكفي لأكثر من ذهابي وإيابي إلى حيّ المهاجرين، وتأكّدت من أنّ لديّ الشجاعة أن أطلب ما قد أحتاجه من الخالة أمّ حمدي، لإحساسي بأنّي قريبة منها قربها منّي، فلم أخف من نفاد نقودي، وفراغ حقيبتي من لوازم تحتاجها الفتاة عادةً.

لم يكن صعباً عليّ الوصول إلى أحد مواقف خطّ المهاجرين «للسرافيس» البيضاء، التي أطلق أبناء الشام عليها بسبب صغر حجمها، وحركتها في أضيق الحارات، ولونها «الجراذين» تحبّباً لأنّها غدت جزءاً ممّا يساعد الناس على تنقّلاتهم، وبأجرة زهيدة ومعقولة.

أقلّني أحدها وكان ممتلئاً، وقف شابّ ودعاني للجلوس مكانه، وهي عادةٌ تدلّ على شهامة شباب بلدنا، واحترامهم للمرأة، شكرته وجلست؛ إذ لا يجوز للمرأة ألاّ تقبل مثل هذا التصرّف لأنّ عدم القبول يجرح الآخر في الصميم، أو يكون دلالة على انعدام تربية الفتاة، أو قلّة ذوق لدى المرأة التي ترفض مثل هذا الكرم المعنويّ

***

14

وصلت منزل «أبو حمدي» استقبلتني زوجته بحرارة وشغف، وبدت كأنّما كانت تنتظرني، وأنّها على موعد معي. دعتني للذهاب معها إلى المطبخ، رحنا نعدّ معاً طعام الفطور، الذي لا يتعدّى الجبن البلديّ والزيتون والزعتر، والشاي بحليب، وبيضتان مسلوقتان لا غير. حدّثتني عن مغادرة زوجها، وكيف سيذهب إلى بيروت ليطير من هناك إلى دبيّ لأنّ السفر من مطار دمشق الدوليّ متعذّر بسبب حظر التعامل مع الطيران السوريّ، كجزء من العقوبات على بلدنا.

حدّثتني أيضاً عمّا تعرفه عن طبيعة زيارته لذلك البلد الخليجيّ الذي يحبّه، وأسّس فيه مشروعاً متوافقاً مع جانب مهمّ من عمل مؤسّسته في دمشق بما يتعلّق بلوازم النساء في مناسبات الأفراح، من فساتين سهرات وأعراس. وتمنّت لي أن أحظى بالعريس المناسب، الذي يليق بي، ويحبّني وأحبّه، ويكون ميسور الحال، وأخلاقه عالية، ولديه سكن مستقل، ويُفضّل أن تكون لديه سيّارة، وعمله في التجارة لأنّها السبيل الوحيد

-برأيها- لحياة سعيدة، ورأيها هذا قد يخالفه رأيي؛ فأنا لا أطمح إلاّ أن أعيش مستورة الحال، وأشفى تماماً من مرضي، ويكون من يتزوّجني بكامل الرضى عن وضعي، ويتفهّم مصيبتي وواقعي الذي أخفيه حتّى عن نفسي بشأن أمّي.

بعد أن انتهينا من تناول طعام الفطور ساعدتها، والأصحّ هي التي ساعدتني على تنظيف المطبخ، وجلي أدوات الطعام، وبعض الصحون التي كانت على «المجلى» منذ مساء الأمس.

أخذتني من يدي إلى حديقة المنزل الخلفيّة الصغيرة، وفيها طاولة وكرسيّان عريضان من قشّ لها وللعمّ حمدي. قالت أنّها لا تدعو أحداً للجلوس عليهما، إلاّ أنا. جلسنا في فيء شجرة ليمون أزكمتني رائحتها العطرة.

كنت أتوقّع أن تسألني عن تفاصيل حياتي، لكنّها لم تفعل، بل راحت هي تحدّثني عن أيّام الحرب اللبنانيّة، في سبعينيّات القرن الماضي، عندما جاؤوا إلى دمشق فراراً من أهوالها بعد أن قُتل والدها في بيروت برصاصة طائشة، ترمّلت أمها وعندها صبيّ وكانت حاملاً بها في بداية الشهر التاسع، كما أنّها ولدت في أول الشهر التاسع بعدما وصلوا هاربين من الحرب، في سيارة تكسي تسع خمسة أشخاص وكانت تنقل أيّامها ضعف هذا العدد، ولا أحد صدّق من أقاربنا كيف وصلنا أحياء بسبب مخاطر الطريق، من قنص وخطف وتشليح وتشبيح، كنا نجلس بأحضان بعضنا.

أمّي أحبّت الشام، وبقينا بها حتّى ما بعد أن تزوّجت وأنجبت حمدي عادت أمّي وأخي إلى بيتنا في لبنان، قبل أن يوسّع أبو حمدي مشروعه ويصبح هذه المؤسّسة التي أعمل بها وأعرفها،

وأنّ حمدي اليوم في زيارة لدى خاله في بيروت كما في كلّ عطلة صيفيّة للمدارس. تسكت أمّ حمدي، وتنتظر فرح أن تسأل أيّ سؤال يتعلّق بحمدي لكنّها تبدو في حالة شرود، وصمت يختزن الكثير من حكايات تظهر على سطح الذاكرة، ولا تلبث أن تكمن منتظرة اللحظة المناسبة للظهور، وقد حانت مثل هذه اللحظة حين سألتها أمّ حمدي:

ـ هل تسكنين مع أهلك يا فرح؟

تبتسم فرح بذبول، تنتبه أمّ حمدي لهذه الابتسامة التي قرأت بها سطوراً من الحزن والألم، وانتظرت ما ستجيبها. قالت فرح بعد أن تنهّدت:

ـ أنا مقطوعة من شجرة يا خالة.

ـ أعتقد أنّني أحرجتك بهذا السؤال؟

ـ سؤالك ليس محرجاً لي، بل أعادني إلى ما لا أحبّ العودة بذكرياتي إليه.

ـ إذا كان فيه ما يزعجك أو يجرحك، يمكنك أن تنسي أنّي سألتك شيئاً.

ـ حكايتي طويلة جدّاً، ومؤلمة جدّاً، وقد تكون مملّة لمن لا تعنيه؛ لكنّي سأختصرها لك بكلمات أرجو أن تصلك من قلب فتاة أحبّتك منذ اللحظة الأولى التي رأتك فيها.

أنا يا خالة يتيمة أبّ توفّاه الله، ويتيمة أمّ ضيّعتني، وأُصبت بمرض خبيث والحمد لله أتعافى، وتعرّفت على شابّ مُصاب مثلي، ونحن نتعالج معاً في مشفى واحد، ووقف معي وقفة إنسان شهم، ولا تزال آمالي معلّقة به، رغم فراقنا عن بعضنا بعضاً.

- اطمئنّي، إنّي سأعتبرك بمثابة ابنتي؛ فأنا عشت أحلم أن أنجب بنتاً ولكنّ الله حرمني هذه الأمنية، وجئتني أنت ليعوّضني بك، كم أنت قريبة لقلبي يا فرح!

- لي الشرف أن تكوني مكان أمّي، ولكن أستحسن ألاّ أكون عبئاً على أحد، وإنّ من خلقني لن يقطع بي يا خالة.

- أرجو من الله ألاّ يخيب ظنّي بما آمله!

يأتي الليل، سهرنا نشاهد مسلسلاً يعرضه التلفاز، وعلّقت الخالة أمّ حمدي على بطلته التي كانت هزيلة بأدائها، ولم تكن مقنعة بالدور الذي تلعبه. تنقطع الكهرباء، كانت البطاريّة التي تشغل الأدوات الكهربائيّة ضعيفة الشحن، فلم تشغّل أكثر من مصابيح الإضاءة. لم تطل سهرتنا كثيراً، بعد أن قضيناها بالحديث عن انقطاع الكهرباء، وتقنينها بسبب قلّة الوقود الذي يشغل المحطّات، التي لم تتعرّض للتفجير في الأماكن الآمنة. سألتني عن أمّي، وأجبتها بصراحة عمّا أعرفه عنها، وعبّرت عن استيائها منها، ومن الأمّهات اللواتي لا يمارسن دورهنّ الأموميّ بشكل سليم، ويؤدّين هذه الرسالة التي خُلقن من أجلها، بمقدار استيائي من تكرار الحديث عنها، ولحظات تذكّرها، وما حلّ بي بسببها.

سألتني أيضاً عن طفولتي، وكيف تجاوزتها، وما قد تعرّضت فيها لمضايقات وحرمان. كنت أجيبها باقتضاب ولكن بصراحة، وكانت تخفّف عنّي بأنّ مثل هذا الذي كان يحدث معي يتكرّر حدوثه دائماً في مجريات الحياة، مع كلّ الناس، وفي كلّ المجتمعات، وتخرج منه الفتيات اللواتي يتعرّضن لما تعرّضت له أكثر صلابة، ويخرجن إلى الحياة محصّنات، وأكثر خبرةً من غيرهنّ.

خرجت إلى غرفة أخرى، وعادت بقميص نوم قطنيّ تحتفظ به لضيفة طارئة مثلي، وقدّمته لي قائلة:

- من حسن حظّي أنّه بقياسك تماماً.

لجأنا إلى النوم في غرفة واحدة، وكنت أحسّ بها حين تفيق وترفع رأسها من تحت الغطاء، لتتفقّدني وتتأكّد من أنّي مرتاحة بنومي، غير الأمّ الحقيقيّة لا تهتمّ اهتمامها بي.

أنهض مع شروق الشمس، التي تسلّلت أوّل خيوط أشعتها من النافذة، تنحنحت الخالة أمّ حمدي حتّى تعرف أنّي نهضت من نومي، لم أرفع رأسي عن الوسادة حتّى وصلني همسها بكل دفئه

ـ أنت مثلي تحبّين النهوض المبكر يا فرح!

أجبتها مؤكّدة حدسها:

ـ أنا هكذا دائماً، بعد أن أصحو من نومي أحسّ كأنّ النمل يسرح في فراشي وينغل فيه؛ عدا أنّي بطبعي أكره التكاسل الذي يجعل نهاري كئيباً ومملاً.

نهضنا وخرجنا معاً إلى المطبخ، طلبت منّي أن أغلي قهوة لتحتسيها من يدي.

خرجنا إلى الحديقة، وعلى طاولتها التي شهدت الكثير الكثير من فناجين القهوة، وأكواب الشاي والنعناع والبابونج والمليسة، تحطّ ببلّورها وخزفها وسخونتها على أغطيتها المزهّرة، وشهدت حالات من الغزل الشامي المطعّم على بيروتي بين زوجين يرفلان بثوب السعادة كما اتّضح لي من حديثها عن زوجها، الذي أشادت به وبأخلاقه وتعامله معها ومع القريب والغريب بعطف وأريحيّة وصدق وكرم، وغيريّة يُحسد عليها. وممّا قالته لي من خصوصيّاته

أنّه سريع العطب، بمعنى أنّ أيّ تلميح مسيء، أو أية كلمة جارحة تجعله لا ينام الليل، وأنّه يستقبل بعد ذلك نهاراً جديداً، وكأنّ شيئاً لم يحدث، وهو بالإضافة لذلك متسامح، سريع العفو.

قالت لي أنّها متعوّدة أن تمشي كلّ يوم. سألتني:

ـ أترغبين أن نمشي سويّاً يا فرح؟

أجبتها:

ـ منذ يومين لم أفتح جوّالي لأتفقّد المواعيد التي سجّلتها في مفكّرتي كي لا أنساها.

راحت أمّ حمدي تتمشّى بين الأشجار، وهي تتفقّد ما زرعته بيدها من نباتات الريحان والنعناع وإكليل الجبل وغيره، وتنزع الأعشاب الضارّة التي نبتت حولها. وأنا معجبة بدقّة تمييزها بين ما تنزعه وتلقيه خارج الأحواض المزروعة، وتهمس بأنّه يضعف نباتاتها. لحظتها خطرت ببالي أفكار موازية لهذا النبات الضارّ، أفكار شرّيرة تمنّيت أن يعمل المرء على نزعها من رأسه لأنّها تلحق الضرر به وبالآخرين، ليعيش الناس بأمان. وبينما أتفقّد جوّالي، وما قد سجّلته في مفكّرتي وجدت موعد الجرعة في يوم غد، وجلال كان قد هتف لي أكثر من عشر مرّات ولم أنتبه، إذ كنت مستمتعة بالجلوس مع أمّ حمدي وأنا لا أبالي بأيّ شيء آخر: «عليّ أن أهتف له الآن» قلت في سريّ، ثم فتحت الخطّ:

- ألو جلال. كيف حالك؟

أجابني ملهوفاً:

- أين أنتِ يا فرح؟ دائماً تشغلين بالي ولم تجيبي، ذهبت إلى البيت والصالون، ولم أجدك؟ هل أصابك شيء أخبريني؟

- لقد غيّرت مكان العمل، وفي يوم غد نلتقي وأخبرك،
مع السلامة.

- مع السلامة.

***

لم أطل على جلال بالأخذ والردّ عبر الهاتف، كانت أمّ حمدي
تشير لي من بعيد، وتومي لي بيدها كأنّما تشير لي إلى شيء
يزعجها، أسرعت إليها وهي تندب حظها بما فعلت:

ـ خير يا أم حمدي!؟

أشارت إلى نبتة شوك كبيرة:

ـ انظري يا فرح ما فعلت! كنت أقتلع نبتة الشوك المتغوّلة
هذه، ولم أنتبه لعشّ طيور داخلها، يبدو أنّ العصافير وجدت
المكان آمناً فبنت عشّها وباضت فيه، تكسّرت هذه البيوض وأنا
أقتلعه، كيف سيكون شعور العصفورة عندما تأتي ولا تجده؟

ـ دعك من الحزن عليها، ستجد مكاناً آمناً أكثر تبني فيه عشّها
من جديد وتبيض فيه، العصافير أكثر صبراً على أفعال البشر، وأكثر
إصراراً على بناء أعشاشها بين البشر، احمدي الربّ أنّ بيوضها لم
تفقس عن زغاليل تزعل عليهم، أو أنّها تركتهم لقدرهم، لكانت
زغاليلها عاشت مثلي دون أمّ تلبّي حاجاتها في صغرها.

نظرت لي أمّ حمدي، وضمّتني إلى صدرها بكل حنان، وعيونها
تذرف دموعاً حارقة بعضها غسل وجهي، ابتسمت لها ابتسامة
باهتة ثم قلت لها مازحة:

ـ يا أمّ حمدي كلّ شيء تنتهي مدّته بالتقادم.

أنا الآن لست فرح الصغيرة، الحمد لله أنّي قطعت تلك المرحلة التي علّمتني أن أكبر قبل أواني. في اليوم الثاني كان اللقاء مع جلال، وأنا أتحسّب من غضبه عندما أخبره بأنّي أعمل عارضة أزياء. أسأل نفسي: هل أصارحه بذلك أم أخفي عليه؟

بنفس التوقيت كان ينتظرني في نفس المكان عند باب المشفى. أراه من بعيد وهو ينظر إليّ بنظرات حادة تعبّر عن غضبه الذي كنت قد توقعته!

ـ كيف حالك يا جلال إنّي اشتقت لك؟

ـ هل شوقك في موعد الجرعة فقط؟ يسألني.

ـ لماذا هذا الشكّ؟ أنت تعلم بأنّك الوحيد الذي أتمنّى أن يكون بجانبي دائماً.

ـ لم تسألي نفسك يوماً لماذا لم تجيبي على اتصالي؟

ـ العمل يا جلال يحكمني، وعدم وجود الشبكة أحياناً.

ـ هذا لا يعني أن... إنّك تجدين تبريراً لتجاهلي!

ـ دعنا من هذا العتاب، جهّز نفسك للجرعة، وأنا كذلك.

بينما كنّا نأخذ الجرعة كان كلّ منا يلتزم الصمت، ويبدو على جلال بأنّه لم ينهِ العتاب، وما زال في داخله كلام كثير، أرجو الله ألاّ يكون كلامه قاسياً.

كان الوقت قصيراً لكنّه يطول كثيراً عندما كنّا نلتزم الصمت، ولا أستطيع أن أبرّر لجلال انقطاعي عنه، ولا بأية طريقة. كيف لو علم ماذا أعمل؟ أحياناً أشعر أنّي لست ملزمة معه بشيء لكن لم أجد القدرة أن أقنع قلبي بذلك. خرجنا من باب المشفى ونحن كالمخدّرين، ولم يتغيّر شيء حتّى ولا نظراته الغاضبة.

قلت له في لحظة الوداع، والحزن يبدو جليّاً عليّ:

ـ لماذا لا نبقى أصدقاء؟ أنت تعلم كم أنت عزيز، ولا تنسى أنّك ملكت قلبي الذي لم ينبض إلاّ لك؟ وكلّ شيء يعود لما تفعل الأيام والأقدار؛ وإذا كان القدر قد كتب علينا الفراق، على الأقل وبأسوأ الاحتمالات، علينا أن نبقى أصدقاء؟

شعرت بغصّة في حنجرته حين أجابني، وقال:

ـ أتمنّى أن أكون لكِ صديقاً، هناك أشياء كثيرة ربطت بيننا، كان بيننا شيء ممتع وجميل وأحاسيس مشتركة كثيرة، وكنت أجد دائماً بأننا لا نكتمل إلا ببعضنا. لكني أشعر الآن أن ليس هذا وقتها على الاطلاق، من الصعب أن يكون الإنسان مالكاً لبيت، ثم يُطلب منه أن يكون مستأجراً لغرفة فيه! من الصعب أن يكون الإنسان هو كلّ شيء، ويصبح بين يوم وليلة واحداً من العشرات الذين قد نسأل عنهم حينما نريد ذلك من باب الحاجة.

أنتِ تعلمين أن الحبّ جمعنا -تتغيّر لهجته- هل يرضيكِ أن تفرقنا ظروف الحياة؟

حاولت أن تكون إجابتي له حاسمة، قلت:

ـ الظروف أقوى مني ومنك، أتعلم أنّ عذابي أضعاف عذابك؟ قلت لك الصداقة جميلة، أليست كذلك يا جلال؟

ـ نعم، ليست كذلك يا فرح، الصداقة شارع كبير يجمع الناس جميعاً، الحبّ غرفة صغيرة تجمع أسرارنا كما أنت تعلمين. سعادتي دائماً أن أفعل شيئاً ترغبين به، إلى اللقاء يا فرح إذا كنت ترغبين. وداعاً.

***

15

عدت إلى البيت متخبّطة بأفكاري، وفي حالة شرود، تهتُ عن طريق بيتي، أسير على غير هدى، وأنا أتطلّع حولي، لم تكن معالمه ذاتها، وأفكاري وشرودي مع لغة الهجوم التي كان جلال يخاطبني بها، أو هكذا كان إحساسي بها وهو يتكلّم دون أن ينظر إليّ، وكان حائراً أكثر من أن يكون يقينيّاً، مع أني كنت أنوي أن أصارحه بما أخفيته عنه في لقاءاتنا السابقة، وأقول له بأنّ جميع أهلي قضوا، وكان مصرعهم بالحرب. كنت أحبّ أن أعترف له من أنا ومن هي أمّي، وكيف جئت إلى هذه الحياة كي أكتشف ردّ فعله، وهل سيتابع معي أو سيتخلّى عني. مع ظنّي به أنّه يفكر كبقيّة أفراد المجتمع الذكوريّ، ويخطئ أخطاءهم ذاتها، ويتقيّد بالأعراف التي تقيّدهم، والكلّ -دون استثناء- ينظرون إلى المرأة النظرة ذاتها، ويؤكّدون على عقابها، حتّى لو كانت الخطيئة بسبب الرجل، ويحمّلونها مسؤولية أخطاء الرجل دون أن يرفّ لهم جفن، ودون أيّ وازع من ضمير.

استلقيت على السرير والتعب النفسيّ كان أشد ألماً من جرعة المرض، والدواء الذي تعوّد عليه جسمي. شعرت بالعطش الشديد وبجفاف حلقي تماماً، نهضت وأنا غير متّزنة أترنّح وقد أصابتني دوخة لم تكن تصيبني من قبل حتّى وصلت لأتفاجأ عندما فتحت حنفيّة الماء أن لا نقطة ماء تسيل منها، يبدو أن ذلك حدث بسبب انقطاع الكهرباء، التي تشغّل المحركّات لتضخّ المياه إلى البيوت، أو أنّ أحد اللصوص قد سرق «الكبل» الذي يخدّم الخطوط الواصلة إلى البيوت، وغيرها. تذكّرت بأنّي قبل أن أذهب إلى المشفى، وضعت ماء في إناء لأسلق البيض، فانقطعت الكهرباء حينها فجأة، واكتفيت ببعض حبّات من الزيتون في فطوري وتركت الماء، شربت من الإناء، وعدت إلى السرير.

أخذني النوم العميق، صحوت على رنين هاتفي، أمّ حمدي تهتف لي، وتقول: «تعالي، لقد عاد عمّك أبو حمدي».

وفي حال وصولي بيتهم العامر أخبرتني أنّ أبا حمدي جلب لي معه جلاّبيّة خليجيّة فاخرة بلون عنّابيّ كهديّة، ثمّ حضر، هنّأته بالسلامة، سألني عمّا إذا كنت أشكو من شيء ما أيّاً كان هذا الشيء، طمأنته أنّي بخير وأنّي بوجودي بينهم في قمّة السعادة. قدّم الجلاّبيّة الهديّة لي بيده، وطلب منّي أن أعود إلى عملي في مؤسّسته، التي غدت شركة فيما بعد، وإلى حياتي المعتادة، وأنّي سأتلقّى اتّصالاً في الأيّام القادمة، من سيّدة اسمها صونيا، «هذه المرأة نثق بها، وستكونين موضع اهتمامها، فهي معنيّة بمسألة هامّة تتعلّق بعملك ومستقبلك المهني».

***

نُفاجأ جميعاً في المؤسّسة أنّ أبا حمدي لم يعيّن مديراً بديلاً عمّن نحّاه، بل شارك الشابّ بهاء، وهو أحد أقاربه ممّن لديهم المال والخبرة، وكان قد ورث عن ذويه متجراً، ومشغل خياطة تقليديّ في دمشق، وحوّله بفطنته إلى مشغل عصريّ، وأدخل خطّاً لصناعة فساتين الأعراس والسهرة، واستقدم إليه أمهر الخيّاطين المختصّين بهذا المجال، بالإضافة إلى مصمّم أزياء مميّز. أعطى أبو حمدي شريكه بهاء الحريّة كاملة في إدارة العمل، وترك لنفسه الاستشارات الماليّة.

قام بهاء بخطوة جريئة، فأقام دورة عارضات أزياء، مدرّبها شخص كان في ميلانو، يعمل في هذا المجال، وتمّ اختياري لإجراء هذه الدورة، استشارني العمّ أبو حمدي بنفسه لأن أنضمّ لها، وترك لي حريّة الموافقة أو العكس، فوافقت.

بعد انتهاء الدورة أقاموا معرضاً لإنتاجهم الجديد من أفخم ما صمّموه من أزياء الأعراس، وكنت واحدة من العارضات، بل كنت العروس المركزيّة في تلك العروض، وكان نجاحي باهراً بشهادة الحضور والمصمّمين والمدعوّين من تجّار دمشقّ وبيروت وعمّان لهذا العرض.

تكرّرت مساهماتي كعارضة، وكنت دائماً المميّزة، وتكرّرت معها مقابلات تلفزيونيّة أُجريت معي، وكان لي في الشاشة الصغيرة مساحة لا بأس بها من الحضور الذي أُحسد عليه فعلاً، يعزّز ذلك الانتشار اهتمام مجلاّت دور الأزياء بي؛ الأمر الذي لفت نظر جهات تعمل في هذا المجال في أمكنة خارج سوريّة، وتقدّمت لي بعض العروض، وصارت لديّ ثقة بنفسي أن أختار أنا،

ولا تُفرض عليّ إرادة الأخرين؛ وكنت في الوقت ذاته أمام معضلة، هي كيف أتخلّى عن اليد البيضاء التي رفعتني إلى ما أصبحت فيه كنجمة من الدرجة الأولى في عرض الأزياء، وأترك خلفي مساندة العمّ «أبو حمدي» وشريكه «بهاء»، وقد تركوا لي حريّة الاختيار بأن أستمرّ أو لا أستمرّ بالعمل لديهم.

كثرت الدعوات لي للاشتراك بمعارض محليّة، ومعارض في دول الجوار، ولكنّي كنت متريّثة جدّاً، وكنت أتحاشى أن أغدو شهاباً ينطفئ بسرعة، ولا يترك أيّ أثر، وأن أظلّ على عهدي بنفسي نجمة تشعّ إلى داخلها، كي أبقى متوهّجة وحيويّة، ولديّ المناعة من السقوط في وحل الإغراءات التي تقدّم عادة للمرأة في المجالات المختلفة، وللأسف إنّ الأكثريّة من بنات جنسنا بسبب تربيتهنّ المشوّهة، وثقافتهنّ الضحلة يسقطن في هذا التشوّه، وفي تلك الضحالة

تنقلب أمور حياتي مائة وثمانين درجة، وعليّ أن أكون في منتهى الصحو والحذر، وألاّ أخطو خطوة إلاّ إذا كانت الأرض صلبة تحت أقدامي.

كثر الذين يتمنّون مجالستي في نادٍ أو مطعم، أو في استراحات الفنادق الشهيرة، أو بالسفر إلى أجمل بقاع الأرض بشروطي أنا لا بشروطهم؛ عدا دعوات أولئك المغرورين بثرائهم وأرصدتهم، وبظنّهم أنّهم بأموالهم يستطيعون اصطياد المرأة التي يعجبون بها، والتي تثير شهواتهم، وانحطاط نفسيّاتهم المريضة بالكبت أو بالغرور الماديّ، أو بالمركز الاجتماعيّ المحدث أو الموروث، أو كرسيّ السلطة، التي تدفع الفارغين إلى العمل بغرائزهم وعقدهم النفسيّة؛ وبالمقابل فلا أرضيّة أخلاقيّة صلبة لدى المرأة

التي يسيل لعابها لشيك أو لسلسلة ذهبيّة أو لزجاجة عطر، أو تكون متاعاً لأيّ عابر سبيل، أو «عابر سرير!»؛ فأنا بالتجربة التي عشتها، حول ما تركته أمّي من جراح نفسيّة، وندوب في ذاكرتي لا تمحوها الأيّام تعلّمت أن أظلّ وفيّة لأنوثتي، عظيمة في عين نفسي، وأنّي لن أغامر بما يسيء لسمعتي، ولا أتراخى لنزوة، أو أسقط في الرذيلة مهما كان الثمن باهظاً. كلّ شيء يعوّضه المرء إلاّ كرامته، قرّرت أن أعيش بكرامتي، ولو هلكت من الجوع، ومن جور الزمان عليّ، فكيف الآن، وفي هذه الأيّام المقبلة عليّ بوجهها المشرق، ووصلت إلى ما كان بعيداً عنّي من أمل، ولم أكن أحلم به، وترقّيت في عملي، وترفّهت بسكني وطعامي وشرابي ولباسي، وكلّ متطلّبات حياتي، ولا أزال أحلم بالمزيد من التقدّم، في طريق مستقبلي المهنيّ، لأحافظ على موقعي، وأظلّ قويّة بمنظار نفسي بعد أن مرمرتني الأيام، وألحقت بي من الأذى والذلّ ما يكفي.

لن أنسى كيف كنت أسير في الطرقات غير الآمنة، أو حين أكون مضطرّة لأن أعود متأخّرة ليلاً، وأنا أرتجف من الخوف، ويكون خوفي أشدّه من الموظّفين الذين أعرفهم، ويعرضون عليّ أن يوصلوني إلى مسكني، وأراهم دائماً في حالة انتظار لي ليعرضوا عليّ مثل هذا العرض الذي يثير الشبهة بالنسبة لي، بعد أن أُصابتني «فوبيا» انعدام الثقة بالغير، وبسلوكهم غير السويّ، لأسباب كثيرة أوّلها سلوك أمّي نحوي. ودائماً كنت أصل إلى البيت متعبة، وأنهمك بترتيب ما تركته فوضويّاً من أشيائي المبعثرة، وهذا يأخذ منّي الوقت الطويل، فتسرح أفكاري باتّجاه واحد، يطرق جلال بوّابة قلبي بقوّة، أفكّر كم كنت أعده بأن أهتف له،

ويكون الوقت غير مناسب لذلك، أبدو متردّدة الآن، أتراجع كلّما رفعت جوّالي لأكلّمه، أنوي وأتردّد وأتراجع.

كنت هيّابة من جلال فعلاً، وأخشى أن يعرف بأنّي أعمل عارضة أزياء، والناس ينظرون إليّ بعيون أهوائهم وتربيتهم، وخبراتهم وحاجاتهم وغرائزهم.

أخشى أن يكون ردّ فعله سلبيّاً، وتستيقظ لديه فكرة التأثير عليّ من باب الغيرة، أو من باب الحرص عليّ، أو الخوف من أن أسقط، ويحاول أن يمنعني من الاستمرار؛ مع أنّي غير ملتزمة به رسميّاً وشرعياً، إلاّ بقناعتي أن أظلّ مخلصة له ووفيّة، وحريصة على حبّي له، وعلى قناعتي التامّة التي تربطني به، وهي أقوى الوثائق بين المحبّين.

أضع جوّالي متردّدة، وألوم نفسي على ما انتابني، في هذه اللحظات من ضعف؛ فعلى الرغم من حاجتي له لأستمدّ من حبّي له القوّة، وإخباره عن كلّ ما يحدث معي من خير أو شرّ، فإنّ عزّة نفسي لم تسمح لي بأن أتصرّف بما تمليه عليّ عاطفتي خوفاً من أن يفهمني غلط؛ فأنا الآن في مرحلة يجب عليّ بها أن أنتبه لعملي وأهتمّ به، وبكلّ ما من شأنه أن يجعلني أتقدّم به بعد أن نجحت، وسرت أشواطاً في طريق الشهرة، وأخذت حيّزاً لا بأس به في الإعلانات بمختلف وسائل الاتّصال، من شاشات ومجلاّت وصفحات تواصل، وبدأت تُقدّم لي العروض المغرية، من جهات مهمّة لم أكن أحلم بها إلى عدد من الدول، وعليّ في هذه الحال ألاّ أنسى العمّ أبي حمدي، الذي فتح لي الباب عريضاً إلى مستقبل مشرق. مع أنّه لا يزال يتطلّب منّي الكثير من الجهد، والبحث عن

أسباب تجعلني قويّة أكثر، حتّى لا أضلّ الطريق، أو أنتكس عند أوّل تجربة، وأغدو فرح الهامشيّة، لا فرح التي يُشار له بالبنان، ويُشاد بها عند كلّ إنجاز جديد.

***

كانت أهمّ العروض التي قُدّمت لي، هي من دار أزياء شهيرة في دبيّ، وقد اختارته لي السيّدة المحترمة صونيا بعد أن أُعجبت بي، ودعتني أن أسافر إلى دبيّ فوراً إذا أمكن، وطمأنتني بأنّ طلبها الرسميّ من أجل موافقة الجهات الرسميّة لسفري جاهزة، بعد أن طلب العمّ أبا حمدي إنجاز هذا الإجراء الضروريّ.

على الرغم من ثقتي بهذه السيّدة وجدت أنّ من المناسب التريّث، حتّى لو فقدت هذه الفرصة التي وصفتها لي بالذهبيّة.

قلت في سريّ: «لم الاستعجال، والحياة مديدة، والمعارض التي تهتمّ بشؤون النساء، من أزياء وغيرها أكثر من الهمّ على القلب، وسأنتظر ما قد يخبئ الغد لي من مفاجآت سعيدة، مع ذلك يجب أن أجهّز جواز السفر والأوراق والوثائق المطلوبة، حتّى التحاليل الطبيّة والصور الخاصة بمرضي لأكمل علاجي في البلد الذي أكون فيه، وعلى الأرجح ستكون دبيّ محطّتي، فهي المدينة الحنون التي تحتضن أمثالي».

تركتني السيّدة صونيا أتصرّف براحتي، ولم تحاول أن تضغط عليّ بأن أسرع، أو لا أسرع بشأن السفر، وهذا ما بعث الطمأنينة في نفسي أكثر بشأن هذه المرأة، وكنت في الواقع سأذهب إلى الدائرة المختصّة بجوازات السفر، وأسأل عن الوثائق المطلوبة

منّي لذلك اعتباراً من يوم الغد. كانت الأمور كلّها ميّسرة، وأنا ألاحق الأوراق المطلوبة منّي لتقديمها لمسؤول الجوازات، ولم يكن في حسابي أنّ ما لدي من نقود لن تغطّي كلفة الحصول على الجواز.

انتظرت مجيء العم أبي حمدي إلى مكان العمل لأطلب منه شخصيّاً حاجتي لذلك، لكنّه وعلى مدار يومين لم يحضر.

من حسن طالعي أنّي في اليوم الثالث رأيته يدخل المؤسّسة فقصدته في مكتبه، وفاجأني قبل أن أطلب منه شيئاً بأنّه يفتح صندوقاً أمامه، ويخرج منه دستة من العملة الورقيّة، ويقدّمها لي قائلاً بلهجة عطوفة: «هذه لك ستحتاجينها من أجل معاملة سفرك، وإذا احتجتِ غيرها تعالي إليّ، ولا تمدّي يدك لأحد»

كان استقباله لي بكلامه الدافئ دافعاً لي أن أتابع السعي للحصول على ما أسعى إليه بهمّة عالية لم أعهدها بنفسي، ونسيت معها وضعي الصحيّ، وحتّى اهتمامي بطعامي وشرابي. فقط لم يكن ببالي إلاّ طيف جلال يلاحقني من مكان لآخر، وغالباً ما يمتثل أمامي طيفه معاتباً أو منادماً أو ممانعاً، أو أتخيّله غاضباً يمزّق ما بيدي من أوراق بعد أن يخطفها من يدي، ويعرف كنهها ويلقيها للهواء. أتجاوز هذه الأفكار بهدوء، وأتابع الخطّ الذي أسيره بثقة، لأكمل ما نويت أن أفعله ولكن على مهل حتّى لا أقع بأخطاء تعيدني إلى المربّع الأوّل فيما أنجزه.

اتّصلت معي السيّدة صونيا بعد مضيّ عدّة أيّام من انهماكي بالوثائق، التي ستكون بحوزتي حين أسافر لتقول لي ألاّ أستعجل، فالمعرض القائم شارف على النهاية، ولن تكون لي حصّة بالعرض

فيه؛ لكنّها طمأنتني بأنّ إحدى شركات الألبسة النسائيّة الهامّة ستقيم معرضاً مميّزاً، وسيتمّ فيه عرض للأزياء تتخلّله عروض لألبسة السهرات والأفراح، وفساتين الأعراس بعد شهر من الآن، وحجزت لي في برنامج العروض دوراً مركزيّاً، وعليّ أن أثبت جدارتي وتميّزي فيه؛ وطلبت منّي أن أحضر قبل أسبوع على الأقلّ، لإجراء البروفات المطلوبة بالنسبة للموديلات التي ستعرض، والأداء الذي ترافقه موسيقى خاصّة، بالإضافة للتآلف مع المكان الذي سأراه لأوّل مرّة، وسيكون طريقاً لخطواتي، والتعليمات التي عليّ أن أنفّذها بدقّة، وأنا أقطع المسافة المخصّصة بين جمهور المشاهدين.

***

استكملت كلّ ما يلزمني للسفر من جواز سفر وأوراق ووثائق، وصور لإكمال العلاج في دبيّ، وعليّ أن أغادر إلى بيروت لأقلع من هناك بعد تعذّر الطيران من دمشق بسبب الظروف الأمنيّة، والعقوبات المفروضة علينا، ومنها إلغاء جميع رحلات الطيران من دمشق مباشرة إلى بلدان الخليج العربيّ.

وقبل أن أغادر البلد. كتبت رسالة قصيرة لجلال، أودعتها له في المطعم الذي تعوّد أن يتناول طعامه فيه لعلّها تصله.

كانت رسالتي لجلال واضحة، كتبتها بصدق وعاطفة جيّاشة نحوه، وقد أحببته الحبّ كلّه بكلّ كياني، ووعدت أن أكون مخلصة له حتّى آخر العمر، كتبت له قصّتي مع تفاصيل حياتي، وشرحت له موضوع أمّي الشائك، وأخبرته أنّي مسافرة إلى دبيّ في يوم غد،

الساعة السادسة مساءً وفي نهاية الرسالة كتبت له: « أنا مجبرة يا جلال على أن تكون حروفي صمّاء، وهي تتكلّم مع الورق الذي لا روح فيه، تذهب منها نبرة صوتي وصداها، ولا تشاهد فيه بريق عينيّ كي لا تكون أسيراً لي، ولا تعبير وجهي كي لا تسيء الظنّ بي، وداعاً يا جلال».

***

16

مع الأيام علمتُ أنّه استلم رسالتي، وكان مستغرباً ما يقرأ وما أقوله له، وكيف أسافر على غفلة منه، وماذا سأفعل هناك؟

يتوتّر بعد أن قرأ ما تتضمّنه الرسالة عن قصّة حياتي، التي لم يسمع منها هذا الفصل، وكأنّه يشاهد فيلماً خياليّاً، ولم يصدّق ما الذي يحدث معي، وكيف كنت أتحمّل كلّ هذه الصعوبات دون أن أشكو أو أتذمّر، وأنّ الليل انقضى عليه وهو يعدّه بالدقيقة، ليطلع الصباح، ويلحق بي إلى مطار دمشق قبل إقلاع الطائرة ليودّعني، ويفاجأ عند وصوله إلى المطار بأنّه خارج الخدمة بفعل العقوبات المفروضة على بلدنا، وأنّ هجمة صاروخيّة مجهولة عطّلت مدرجه.

يحار كيف يتّصل بي عبر الجوّال، يحاول ويحاول ويجد هاتفي خارج التغطية. يظلّ في حيرته التي بلغت أشدّها، وهو يفكّر من أين ذهبت وكيف وإلى أين. يسأل نفسه أأكون قد عدت إلى البيت، أم سافرت إلى مطار اللاذقيّة أم إلى مطار بيروت، لأنطلق من هناك إلى دبي؟!.

يلوم نفسه بأنّه كان قاسي المشاعر معي، وهو في داخله يلتهب شوقاً لي.

لم يقطع الأمل.

يقصد بيتي الذي كان يذهب إليه، ولا يعلم أنّي كنت قد انتقلت منه، إلى سكن مخدّم بكلّ وسائل الراحة، راح يقرع الباب فلم يجبه أحد.

يزداد توتّره وتشوّشه، تشتغل أفكاره دون جدوى، حيرته وبحثه عن وسيلة ليجدني ويودّعني قبل أن أسافر، وكلّ ما فكّر به كان يصل به إلى حالة من اليأس.

يعود من حيث أتى وهو في حالة يرثى لها، يتساءل في سرّه عمّا يكون قد حدث لي، وما الموضوع المهمّ الذي دعاني لأغادر بهذه السرعة.

يؤجّل مسعاه الذي لم ينطفئ، بعد أن وصل إلى حافّة اليأس ممّا يسعى إليه ولم يستسلم. يتملّكه شيء واحد، وهو التفكير بما يمكن فعله ليبدّد ما يسيطر على حياته المملّة، والروتين الذي يعيشه؛ من الدوام إلى البيت، ومن البيت إلى الأطّباء وإلى الجرعة، ثم يذهب ليتناول طعامه في المطاعم، ثم يعود في المساء إلى البيت. يلهي نفسه بما أدمن عليه: التدخين المستمرّ واحتساء القهوة، وهو يقضي الليل متقلّباً مع أفكار سوداء أدّت به إلى هذه الحال، وأكملتها أنا -دون إرادة منّي- بما كنت أفاجئه به كلّ فترة من الزمن. وبعد أن كان مع أفراد أسرته الذين نجوا من الحرب، فهاجروا بعد أن هدأت الأحوال، ثمّ عادوا إلى البلد، وكان مصيرهم وقدرهم أن يذهبوا ضحيّة غضب الطبيعة، في الزلزال

الذي قضى على جميع عائلته؛ وكان ليلة الحادث خارج البيت عند صديق حميم له من أيّام الدراسة، مضت الأيّام وتخرّج من الجامعة، وهاجر لمدّة سبع سنوات، ولم يلتقيه حتّى تلك الليلة المشؤومة. كان قدره أن يعيش هكذا دون أمّ حنون تتلمّس رأسه عند المرض، ولا أب يسنده في الضيق، ولا أخ يقف معه في مواجهة مصاعب الحياة، ولا أخت تملأ البيت بالحيويّة، وبابتسامتها التي تكسر الروتين المملّ بين جدرانه، ودون حبيبة بيدها تحيي ما تبقّى له من أمل يحيا من أجله، ويشفيه من المرض. وتمرّ الأيّام عليه مسرعة بلا طعم للحياة دون أن أكون معه، بعد أن انقطعت أخباري عنه فجأة ودون إنذار، وعبارات كثيرة تضجّ بها روحه يتكتّم عليها في الوقت الذي لم يكن عاجزاً عن تفسيرها، قدره أنّه نشأ على كتم مشاعره والاحتفاظ بها لنفسه.

يتذكّر أنّه على موعد مع جرعة جديدة، يتمنّى أن تكون الجرعة الأخيرة بالشفاء من المرض، ويطلب من الربّ أن يشفيني كذلك، ويشفي كلّ مصاب بهذا المرض الخبيث.

يتذكّر حين كنّا معاً نأخذ حقنة الجرعة السابقة، وأنا بجانبه، وكيف لم يشعر بالتعب، وهو يمسك بيدي الناقلة لوهج التواصل الروحيّ بيننا.

يراجع المشفى بعد أن استكمل كلّ التقارير الطبيّة، والصور الشعاعيّة ليطّلع الطبيب المختصّ عليها قبل أن يُحقن بالجرعة فيفاجئه الطبيب بعد أن تفحّص الأوراق التي قدّمها إليه بأنّه لا يحتاج لهذه الجرعة، وصحّته تتعافى بشكل حسن، فقط يحتاج لتناول كلّ يوم حبّة دواء خاصّة للوقاية لمدة خمس سنوات.

يتناول جلال وصفة الطبيب مع جرعة أمل بالشفاء، والطمأنينة لكلام الطبيب، وهو يشدّ على يده ويهنّئه بالسلامة، وأنّ كلّ من يشدّ على يده وفي أيّ موقف كان، قد أعطاه المحبّة والحنان والدفء الذي حرم منه من قبل الأهل، وهنا يضمر ما كان ليدي وهي تشدّ على يده من بعث أقصى القوّة إليه، يتمنّى للمرّة الألف لي الشفاء العاجل والفرح والسرور واللقاء بي عن قريب.

...

يصل البيت وهو غير مصدّق ما حدث، استلقى مسترخياً لأوّل مرّة على السرير، يرى بروح متفائلة أنّ كلّ شيء جميل، وأنّ كلّ آتٍ قريب. يعرف أخيراً أنّي كنت مضطرّة للسفر إلى دبيّ عن طريق مطار بيروت، ويغفر لي العذاب الذي ألمّ به، وهو يبحث عنّي، وأنا كنت السبب.

ثمّ راح يتصفّح جوّاله عله يرى ما يسرّه، وحدسه يقول له: «سترى ما تبحث عنه، هذه هي فرح التي تتمنّى أن تراها!»

يجدني في إحدى أحدث صفحات عروض الأزياء، وسيّدة اسمها صونيا تحاورني، وتسألني عن تفاصيل حياتي.

يقول جلال في سرّه، وهو في غاية السرور: «إنّ الربّ يحبّني، فأكرمني بأجمل الأخبار، وبما أبحث عنه، وألوب لأعرف أين هو، وها هو الآن أمامي. آآه يا فرح كم أنا سعيد الآن برؤية صورتك، وسماع كلامك بعد كلّ هذه الفترة، التي قضيتها على مضض، وعلى جمر الانتظار».

كان جلال يستمتع بما يسمعه منّي، وبالكلام الصريح والدقيق، كيف حدّثت صونيا حتّى عن علاقتي به، وعن ظروف المرض التي

مرّت بنا، وشرحت لها كيف كانت الجرعة الأولى، وكيف كان لقائي بمن أحبّ وكيف كان يهتمّ بي وبطعامي وراحتي.

تسألني السيدة صونيا:

ـ ما دمت تحبّين الشابّ جلال؛ فكيف تتركينه؟

ـ أحياناً ينجرّ المرء وراء عادات وتقاليد المجتمع، وفي حال رغب الشابّ بالزواج، فإنّه يبحث عن أصل وسلالة الفتاة حتّى آخر جدّ، وعن سلوك العائلة، والأمّ خاصّة، وهناك مثل يتشبّثون به يقول: «فتّش على الأمّ ولمّ!» وينسى الجوهر الأساسيّ في الحياة، الحبّ الذي لا يعطي للفرد فرصة ثانية إلاّ بشقّ النفس».

ـ هل تتمنّين الرجوع إليه؟

ـ نعم، لا أنساه أبداً إذا كان يقبل بي بعد أن يعلم كلّ تفاصيل حياتي. أنا لا أتخلّى عنه، ولن أتخلّى عنه، وسأظلّ على عهد حبّي له إلى يوم الساعة.

كلّ ما كان يدور في الحوار ما بيننا يتمّ بصراحة، ودون حرج أو خجل، وخاصّة إجاباتي لصونيا حول ما أعرفه عن أمّي، وعن كلّ ما كنت أعاني منه في حياتي البائسة، عملاً بمقولة «الآباء يأكلون الحصرم والأبناء يضرسون»، وفي نهاية اللقاء تسألني صونيا:

- ما هي أمنياتك؟

ـ أن أتعافى جيّداً والتقي بجلال.

تسألها صونيا السؤال الذي أجرت عليه لقاءات كثيرة مع من تحاورهنّ، وينتهي بمفاجأة سعيدة:

ـ وإذا استطعت أن أبحث لك عن والدتك فضّة، وتلتقين بها كيف سيكون شعورك؟

فاجأني السؤال، تريّثت بالإجابة ثم قلت لها:

ـ أمّي الآن لا تعني لي شيئاً بعد أن أصبحتُ في هذا العمر، كنت بحاجتها في صغري، وكنت أتمنّى كباقي الأطفال أنّ تكون لي أمّ ترضعني الحليب. أمّي أمّ بسّام، التي ربتني وأرضعتني وتحمّلت كلام الناس من أجلي، وكانت تقاوم من أجل روح، من أجل مخلوقة بريئة لا تعرف من أباها.

أمسح دمعة هطلت على خدّي، وأكمل:

- كنت بحاجة أمّي عندما كان الأطفال يتنمّرون عليّ، وينبذوني من مشاركتهم باللعب دون أن أعلم لماذا.

كنت أحتاج أمّي عندما تتهامس نساء الحارة حين يشاهدنني، وقد أتيت بكلّ براءة لأكون بين أبنائهنّ، وكنّ ينظرن لي بلامبالاة وبسخرية أحيانا، ولا أعلم لماذا.

أحتاج أمّي عندما تدمّر البيت، على عائلة أمّ بسّام، ولا أعلم أين أذهب، ولا لمن ألتجئ.

وعندما جريت حافية، والدماء تنزف من قدميّ في الشوارع، والخوف يأكل قلبي، وأنا أتنقّل من بيت إلى آخر كي أعمل خادمة، وأحصل على ما يسدّ جوعي. وكنت أصطدم بمجتمعات لا تقيّم الإنسان إلاّ بثرائه وملابسه وما ينتعل، ولا تهتمّ إلاّ بالمظاهر الخارجيّة، ولا تهتّم بجوهر الإنسان.

أتنهّد تنهيدة طويلة.

- كنت أحتاجها عندما دخلت السجن افتراءً عليّ بتهمة أنّي لصّة أسرق المال والأشياء الثمينة من البيوت.

كنت أحتاجها وأنا في المشفى، وأعاني من شدّة مرض

خبيث يُصنّف بانّه من أشرس وأخطر الأمراض التي تصيب البشر، لتسأل عنّي.

الآن أعتبر نفسي كباقي الأطفال الذين فقدوا أمّهاتهنّ، وباقي الأطفال الذين فقدوا أهلهم ولا يعرفون مصيرهم، وكباقي الأطفال الذين ضاعوا والذين تشرّدوا، ومن غرقوا في البحار بسبب هربهم من نار الحروب.

أنا الطفلة فرح التي اغتُصبت أمّها كباقي النساء اللواتي ألقين أطفالهم في الشوارع.

الآن لا أحتاج لأمّ.

تقول فرح العبارة الأخيرة والدموع تغسل وجهها، وتحاول أن تمسحها بمرارة، وغدا وجهها بلون الورد، وما زالت تكابر.

وجلال ما يزال مستغرقاً بكلامها المحزن والمؤلم، وقد أبكاه أكثر بكثير ممّا قرأه في السطور التي كتبتها فرح إليه في رسالتها، وهو متوتّر وحائر، ويتساءل في سرّه، كيف سيراها؟ ويزداد إصراراً. قال لنفسه: «يجب أن أراها».

بعد اللقاء مع فرح تتوالى الصور الجميلة، والوجه المشرق، على وسائل التواصل الاجتماعي وفي شاشات التلفاز، وبوقت قصير من الزمن حقّقت تعاطف المئات من المشاهدين والمعجبين، وطلبات التواصل معها.

كانت فرح تتصفّح، وتراقب من يتواصل معها.

يُلفت جلال نظرها، وهو يسأل عنها معاتباً، كيف سافرتِ بهذه الطريقة وهذه السرعة، وما الظروف التي أجبرتها على ذلك وتركته وحيداً.

أثارت أعصابها بعض تعليقات التنمّر التي تلحق بها من مكان إلى آخر، وهي لا تكترث لهم ولا تجيب على أحد منهم.

ومن أهمّ المعلّقين كانت أمّها فضّة، كلمات اعتذار في سطور كثيرة، وهي تعتذر من ابنتها فرح، وتذكر لها الأسباب الكثيرة، التي دعتها لأن تختفي ولا تسأل عنها. لم تستطع فرح أن تكمل ما كتبته لها أمّها، غلبها البكاء ولم تستطع أن تهدأ. دخلت عليها مديرة أعمالها صونيا، تألّمت لوضعها، وراحت صونيا بذاتها تجيب على بعض التعليقات التي تهمّ فرح.

استلمت صونيا الإجابة على تعليقات فضّة وجلال، وتواصلت بصمت دون أن تخبر فرح.

كانت أسئلة كثيرة تتعلّق بسطوع نجم فرح السريع، من خادمة تعمل في البيوت إلى ما توصّلت إليه من نجوميّة. هل بسبب جمالها، أم أنّ هناك من يدعمها؟ لا أحد يعرف كم تعذبت حتّى ساعدتها الظروف لتظهر بجمال روحها، على كلّ من يقيّم الشخص بمظهره الخارجي.

كان جلال هو الوحيد الذي لم تتغيّر مشاعره نحو فرح، وظلّ على أحرّ من الجمر ليلتقي بها، كذلك أمّها فضّة التي فرحت بأنّ ابنتها ولدت من جديد، وقلبها متلهّف للّقاء بها.

أمّا صونيا فهي تعمل متعاونة مع فرح بصمت، ولا تخبرها بما يدور حولها، ثم تحدّد موعداً مع فرح لتكرّر اللقاء معها، وتقنعها:

ـ ذلك كان طلب المعجبين بك وبقصتك.

لبّت فرح الدعوة لتظهر على وسائل التواصل الاجتماعيّ، وتبهر المشاهدين أكثر بطلّتها الجميلة، ولياقة جسمها وأناقتها،

وتواضعها، وسلاسة الحديث معها، وصراحتها، وهنا بدأت صونيا تحاورها.

قبل أن تبدأ الحوار راحت تمهّد للجلسة بمقدّمة تشكر فيها فرح على تألّقها بعملها الناجح، الذي حقّق الكثير من الإقبال على شراء بضائع تروّج لها فرح بأسلوبها الناجح بامتياز؛ وإذ بأحد الموظّفين يأتي بباقة ورد جميلة، ومثيرة للانتباه بلونها الأحمر، وكأنّها ترمز لعيد الحبّ ولم يكن يومها وقت هذا العيد.

تتمعّن بها فرح، وتتأمّلها بشغف، وتقرأ ما هو مكتوب على بطاقة التهنئة:

«الحمد لله على شفائك يا فرح، كما قلت لك: الحبّ يشفي»

تصفن فرح بهذه العبارة، وتسرح في حالة شرود، بأناملها راحت تمسح دمعتين انسابتا ساخنتين على وجنتيها، تبتسم وتتنهّد من أعماقها، تحاول أن تتلافى ما تفجّر من مشاعرها نحو جلال في هذه اللحظات، التي لم تكن طارئة بل كان الزمن يخبّئها لمثل هذا الموقف.

تكمل صونيا الحوار مع فرح، وتهنّئها بسلامتها بعد آخر جرعة كيمياويّة أُعطيت لها. ثم راحت تمهّد للقاء فرح بأشخاص كانوا الشغل الشاغل لقلبها وضميرها، تسألها صونيا:

ـ لو شاهدتِ الآن والدتك فضّة، وحبيبك جلال، فماذا سيكون شعورك؟!

أجابتها:

ـ من المستحيل أن أشاهدهما سويّة، كلّ منهما يأخذ حيّزاً من التفكير به، ولكلّ منهم مكانه ومكانته.

لم تستطع صونيا أن تخفي ابتسامتها، قالت:

- لا وقت للتفكير. قرّري الآن؟!

ـ لا أتخيّل المشهد! هل تلعبين بمشاعري؟!
وراحت تمسح دموعها.

ـ أنا لا ألعب بمشاعرك، أنت تعلمين كم أحبّك وكم أنت غالية
عليّ. حلم طفولتك، وحلم قلبك الكبير ربّما يتحقّقان، حتّى ولو
مرّ عليهما زمن طويل.

ـ كان حلم طفولتي من قبل، وتمنّيت أن يتحقّق يومها، لكن
طوته الأيّام والسنون، ولم يعد حلماً لي.

ـ هل ترغبين أن تلتقي بجلال؟

ـ نعم، إنّي مشتاقة وفي غاية الشوق إليه إذا كان ما يزال على
العهد، ولم يتغيّر.

بدت على صونيا نظرات الحزن وهي تنظر إلى الخلف، وأشارت
للموظّف أن يفتح الباب لهما.

ينتهي المشهد، جلال يدخل بخطوات واثقة، يصافحها ويشدّ
على يدها، ودموع غزيرة تغسل أحزانهما المتراكمة.

أمّا أمّها فضّة، فلم تجد إلاّ يد ابنتها تنهض بها حين انهارت
أعصابها في المكان، وكتفها القويّ لتستند إليه في هذه اللحظات

***

KHAYAT
Publishing

Washington, DC
United States

www.khayatbooks.com